J 912.014 ESB
Esbaum, J.
Mon grand livre des où.

PRICE: $15.00 (3798/jnfrar)

D1781210

DEC - - 2020

Le plus grand immeuble au monde, le Burj Khalifa, s'élève dans le ciel de Dubaï, aux Émirats arabes unis.

Une aurore boréale brille dans le ciel de l'Islande.

Une énorme main sculptée dans la pierre émerge du désert d'Atacama, au Chili.

TABLE DES MATIÈRES

Introduction 6
Comment utiliser ce livre 7
Carte du monde 8

CHAPITRE 1
OÙ EST-CE QU'ON TROUVE ÇA? 10
Où est le plus grand océan du monde? 12
Où est située la plus haute montagne? 14
Où se trouve le point le plus profond de la planète? 16
Où y a-t-il le plus de volcans? 18
Où est la plus grosse grotte du monde? 20
Où se situe la plus grande forêt tropicale? 22
Où se trouve le plus gros rocher? 24
Où est le plus gros glacier? 26
Amuse-toi! La fonte des glaces 27
Où est le plus grand désert du monde? 28
Où est situé le plus long fleuve? 30
Où se trouve la plus haute chute d'eau au monde? ... 32
Où peut-on voir le plus d'étoiles? 34
Carte des lieux naturels 36

CHAPITRE 2
DES ANIMAUX TOUT PARTOUT 38
Où vit le plus gros animal du monde? 40
Où sont les plus gros serpents? 42
Où se trouvent les animaux les plus bruyants? 44
Où vit l'insecte le plus bruyant? 46
Amuse-toi! Fabrique un gazou 47
Où trouve-t-on les koalas? 48
Où vivent les pandas géants? 50
Où vont les poissons quand les lacs et les rivières gèlent? 52
Où dorment les oiseaux? 54
Où vont les animaux quand ils migrent? 56
Où sont apparus les premiers animaux domestiques? 60
Où vont les animaux de l'Arctique pour se tenir au chaud? 62

Amuse-toi! Expérience avec du lard 63
Où se trouvent les manchots? 64
Où vivent les animaux en Antarctique? 66
Où peut-on apercevoir des singes sauvages? 68
Où trouve-t-on de vrais dragons? 70
Où vivait le tyrannosaure? 72
Carte des animaux 74

CHAPITRE 3
D'OÙ ÇA VIENT? 76
Où a-t-on inventé la pizza? 78
D'où viennent les premiers livres? 82
Où tourne-t-on les émissions de télévision? 84
Où a-t-on inventé la bicyclette? 86
D'où viennent les jeux de société? 90
Où va l'eau quand je tire la chasse? 92
Où sont envoyés nos déchets? 94
Carte des inventions 96

CHAPITRE 4
OÙ EST-CE QUE C'EST? 98
Où se trouve le plus grand stade du monde? 100
Où est situé le plus haut édifice? 102
Où sont les endroits les plus mystérieux? 106
Où se trouvent les routes les plus sinueuses? 108
Où est le pont le plus haut? 110
Où peut-on voir la plus haute grande roue? 112
Où se trouvent les parcs thématiques les plus amusants? 114
Où est la maison la plus drôle? 118
Amuse-toi! Construis un château de cartes 119
Carte des constructions humaines 120

Conseils aux parents 122
Glossaire 124
Index 126
Références photographiques 127
Remerciements 128

INTRODUCTION

Mon grand livre des où transportera les jeunes lecteurs curieux dans les endroits les plus incroyables du monde. Ils y trouveront des réponses à toutes sortes de questions, comme : « Où se trouve la plus haute montagne du monde? », « Où est-ce que je pourrais voir le plus d'étoiles? », « Où vit le plus gros animal? » et « Où a-t-on inventé la pizza? ».

Aux pages 8 et 9 se trouvent des cartes qui montrent la forme, la position et les caractéristiques des sept grandes masses terrestres du monde, qu'on appelle les continents. Utilise ces cartes pour trouver les lieux dont on parle dans le livre. D'autres cartes, un peu plus loin, t'aideront à situer toutes sortes d'endroits fascinants, des régions volcaniques jusqu'aux habitats enneigés des manchots. Tu peux lire le livre d'un coup ou explorer une page à la fois. Tu découvriras une foule de faits fascinants sur les merveilles que la nature et les humains ont créées, sur le monde animal, et bien plus encore!

LE CHAPITRE UN explore les extrêmes de notre monde et te fera découvrir des merveilles de la nature : la grotte la plus grande, le point le plus profond de la planète, la forêt tropicale la plus étendue, le fleuve le plus long et bien d'autres lieux.

LE CHAPITRE DEUX t'amènera faire le tour du monde. Tu rencontreras les animaux les plus impressionnants de la Terre, comme l'insecte le plus bruyant et le serpent le plus gros. Tu apprendras aussi où dorment les oiseaux, où vont les poissons quand l'eau gèle et d'autres faits intrigants sur le comportement animal.

LE CHAPITRE TROIS te révèlera où ont été inventées certaines des choses dont tu raffoles, comme la pizza, la crème glacée, les livres et la planche à roulettes! Tu comprendras aussi où vont certaines choses, par exemple où s'en va l'eau quand tu tires la chasse de la toilette.

AU CHAPITRE QUATRE, tu visiteras quelques-uns des endroits les plus célèbres que les humains ont créés, comme le plus grand édifice, les monuments les plus étranges et les parcs thématiques les plus amusants.

COMMENT UTILISER CE LIVRE

À chaque page, des **PHOTOGRAPHIES COLORÉES** illustrent le texte et montrent toutes sortes de lieux intéressants.

Des **BULLES** disséminées ici et là fournissent des renseignements complémentaires.

À chaque chapitre, des **QUESTIONS INTERACTIVES** stimulent la discussion.

À la fin de chaque chapitre, une **ACTIVITÉ** ayant pour thème les cartes du monde renforce les apprentissages.

À la fin du livre, une section **POUR LES PARENTS** offre des idées d'activités amusantes sur la géographie, des ressources supplémentaires et un glossaire très utile.

CARTE DU MONDE

Une carte te permet de voir à quoi un endroit ressemble, même les endroits où tu n'as jamais mis les pieds. Par exemple, une ligne noire indique une frontière entre deux pays, et un point noir représente une ville. Si tu ne sais pas ce qu'un symbole sur la carte signifie, consulte la légende.

CARTE POLITIQUE

Il existe deux principaux types de cartes. Le premier, les cartes politiques, montre les frontières de chaque pays et l'emplacement des villes et des capitales. Le deuxième type, les cartes topographiques, présente les paysages et les plans d'eau d'une région. Ces cartes permettent de situer les chaînes de montagnes, les forêts, les déserts, les plaines ainsi que les plans d'eau comme les lacs, les rivières, les fleuves et les océans.

CARTE TOPOGRAPHIQUE

Des explorateurs campent près de l'entrée de la plus grande caverne au monde, la grotte Hang Son Doong, au Vietnam.

CHAPITRE 1
OÙ EST-CE QU'ON TROUVE ÇA?

Notre planète, la Terre, est extraordinaire. Ses océans, ses continents et son ciel sont remplis de merveilles. Qu'elles soient naturelles ou d'origine humaine, elles vont toutes te surprendre et te fasciner.

OÙ EST LE PLUS GRAND OCÉAN DU MONDE?

Un seul et même gigantesque océan recouvre presque toute notre planète! Mais on a donné des noms aux différentes parties de cet océan : océan Pacifique, océan Atlantique, océan Indien et océan Arctique. Tous ces océans sont reliés.

Vue de **L'ESPACE**, la **TERRE** semble **BLEUE** parce que **L'OCÉAN RECOUVRE** environ les trois quarts de sa surface.

MERVEILLES NATURELLES

Dans l'océan, on peut trouver des RÉCIFS DE CORAIL. Les coraux sont formés de couches successives de **SQUELETTES** de minuscules animaux qu'on appelle les **POLYPES**. Le plus grand récif de corail du monde est la **GRANDE BARRIÈRE DE CORAIL,** en Australie.

RÉCIF DE CORAIL

POLYPES

Le Pacifique est le plus grand des océans. Il y a ensuite l'Atlantique et, en troisième, l'océan Indien. L'océan Arctique est le plus petit des quatre.

Sur Terre, la plupart des êtres vivants se trouvent dans l'océan : de la créature si petite qu'on peut seulement la voir au microscope jusqu'à la gigantesque baleine.

Quel océan est le plus près de chez toi?

OÙ EST SITUÉE LA PLUS HAUTE MONTAGNE?

La plus haute montagne sur Terre est le mont Everest. Il fait partie de l'Himalaya, une chaîne de montagnes d'Asie. Il s'élève à plus de 8 kilomètres (5 mi) au-dessus du niveau de la mer!

Pour gravir le mont Everest, il faut planifier et s'entraîner pendant des mois, parfois même des années. Les versants rocheux et glacés du mont sont très escarpés. Les conditions météorologiques y sont tout aussi dangereuses, avec des tempêtes soudaines et une température glaciale.

Quel est l'endroit le plus haut où tu as déjà grimpé?

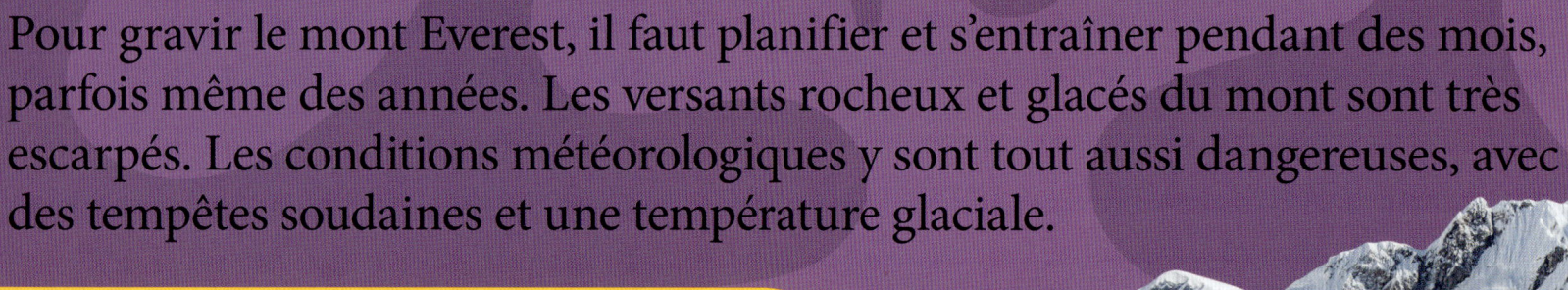

MERVEILLES NATURELLES

La plus longue chaîne de montagnes au monde est la dorsale océanique. Elle se trouve presque entièrement sous l'eau. Elle fait le tour de chacun des sept continents, comme un serpent.

MONT EVEREST

Des **GUIDES** du Népal, qu'on appelle les **SHERPAS**, aident souvent les gens qui escaladent le mont Everest à trouver le **MEILLEUR CHEMIN**.

L'AIR est **RARE** au sommet du mont Everest. Plus on grimpe, plus il est **DIFFICILE DE RESPIRER**.

OÙ SE TROUVE LE POINT LE PLUS PROFOND DE LA PLANÈTE?

Au large des côtes de l'Asie, dans l'océan Pacifique, un long sillon se creuse dans la croûte terrestre. Ce sillon sous-marin s'appelle la fosse des Mariannes.

Le Challenger Deep est le point le plus profond de la fosse, et aussi le plus profond de la Terre. Pour toucher le fond, il faudrait descendre tout droit sur environ 11 kilomètres (7 mi)! Même avec de l'équipement de plongée, personne ne pourrait descendre aussi bas. Les scientifiques doivent donc utiliser un submersible, un petit véhicule adapté à l'exploration sous-marine.

La lumière du soleil n'atteint pas les parties les plus profondes de l'océan. Il y fait complètement noir. Les submersibles sont munis d'appareils d'éclairage très puissants pour permettre aux explorateurs de voir ce qui se cache dans les profondeurs.

Cette **LIMACE DE MER** est l'animal marin qui détient le record de **PROFONDEUR** dans la **FOSSE DES MARIANNES**.

Cette superbe **MÉDUSE** a été découverte dans la **FOSSE DES MARIANNES**.

MERVEILLES NATURELLES

Pour explorer les **ZONES LES PLUS PROFONDES DE L'OCÉAN**, les scientifiques utilisent des **SUBMERSIBLES** munis **D'APPAREILS D'ÉCLAIRAGE TRÈS PUISSANTS.**

OÙ Y A-T-IL LE PLUS DE VOLCANS?

La plupart des volcans de la Terre se trouvent dans la ceinture de feu, une région de l'océan Pacifique qui compte plus de 450 volcans. La plupart sont cachés sous l'eau.

Une grande partie des **TREMBLEMENTS DE TERRE** se produisent dans les environs de la **CEINTURE DE FEU.**

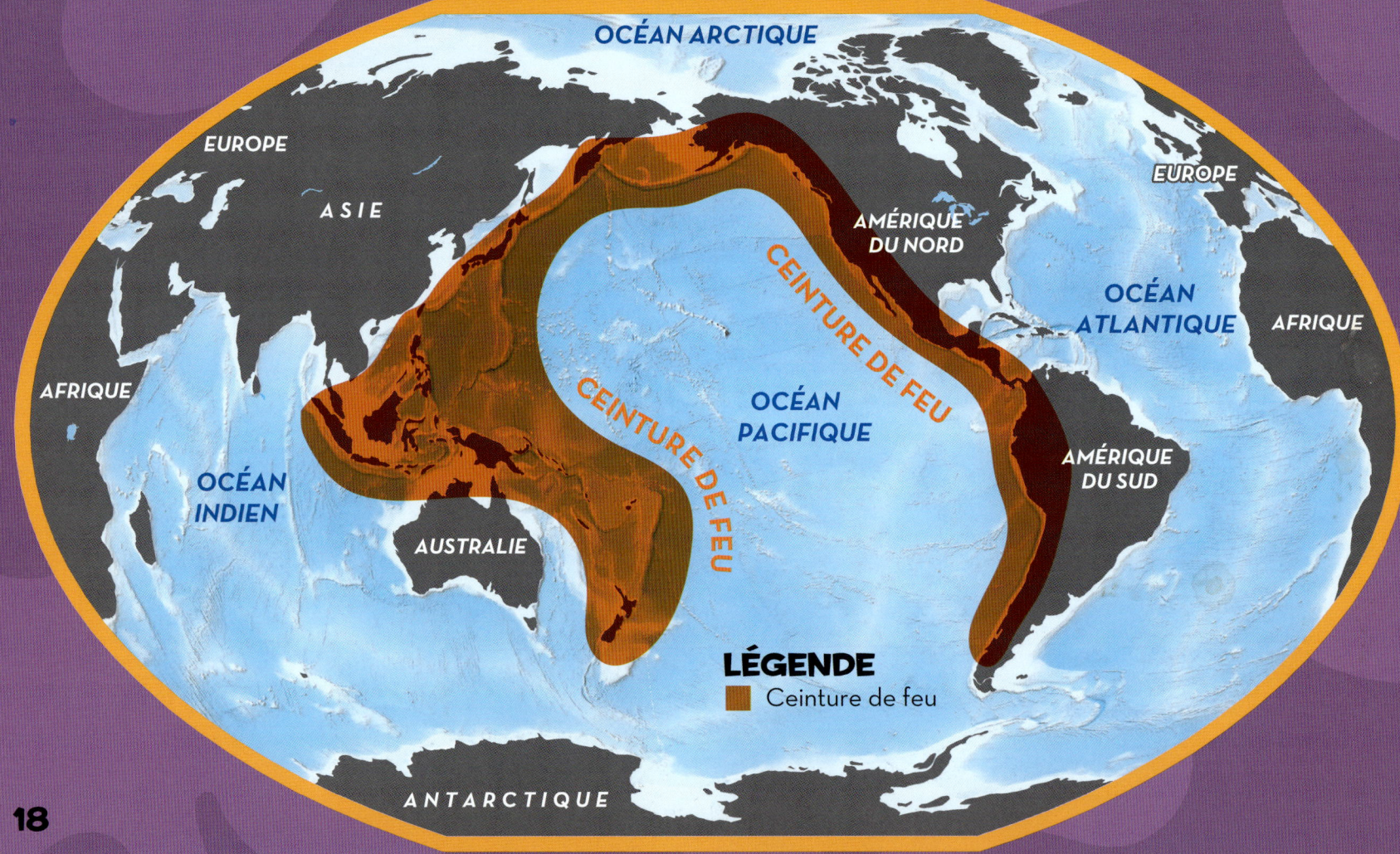

MERVEILLES NATURELLES

VOLCAN EN ÉRUPTION

COULÉE DE LAVE

Un **VOLCANOLOGUE** est un **SCIENTIFIQUE** qui étudie les **VOLCANS**.

VOLCANOLOGUE

Un volcan peut être actif, endormi ou éteint. On considère qu'un volcan est actif s'il est entré en éruption au moins une fois au cours des 10 000 dernières années. Un volcan endormi n'est pas entré en éruption depuis tout ce temps, mais on s'attend à ce que cela se produise un jour ou l'autre. Un volcan éteint n'est pas entré en éruption depuis au moins 10 000 ans et les scientifiques estiment qu'il ne pose plus de danger.

OÙ EST LA PLUS GROSSE GROTTE DU MONDE?

La caverne Hang Son Doong, au Vietnam, est la plus grosse grotte du monde. Elle est tellement grande que le climat à l'intérieur n'est pas le même qu'à l'extérieur. Il y a souvent des nuages près du plafond de la grotte. Elle est si haute qu'on pourrait faire tenir un immeuble de 40 étages à l'intérieur.

Certaines sections de la voûte de la grotte Hang Son Doong se sont écroulées, et une véritable jungle pousse là où la lumière peut pénétrer. Il y a même une rivière qui coule dans cette énorme caverne.

Le plus long réseau de grottes au monde est celui du parc national de Mammoth Cave, dans l'État du Kentucky, aux États-Unis. Jusqu'ici, plus de 644 kilomètres (400 mi) de passages ont été cartographiés.

PARC NATIONAL DE MAMMOTH CAVE

Que peux-tu utiliser pour voir dans le noir?

GROTTE HANG SON DOONG

MERVEILLES NATURELLES

GROTTE SAC ACTUN

La plus longue **GROTTE SOUS-MARINE** du monde, la grotte Sac Actun, se trouve au **MEXIQUE**. Ses nombreux passages forment un véritable **LABYRINTHE**.

OÙ SE SITUE LA PLUS GRANDE FORÊT TROPICALE?

La forêt amazonienne, en Amérique du Sud, est la plus grande forêt tropicale du monde. Elle s'étend sur neuf pays. Les forêts tropicales poussent près de l'équateur terrestre, où il fait chaud toute l'année. Il pleut presque tous les jours dans les forêts tropicales.

La forêt amazonienne abrite une incroyable diversité d'animaux. Plusieurs d'entre eux, comme les animaux illustrés ici, ne se trouvent nulle part ailleurs dans le monde.

HOAZIN

FORÊT AMAZONIENNE

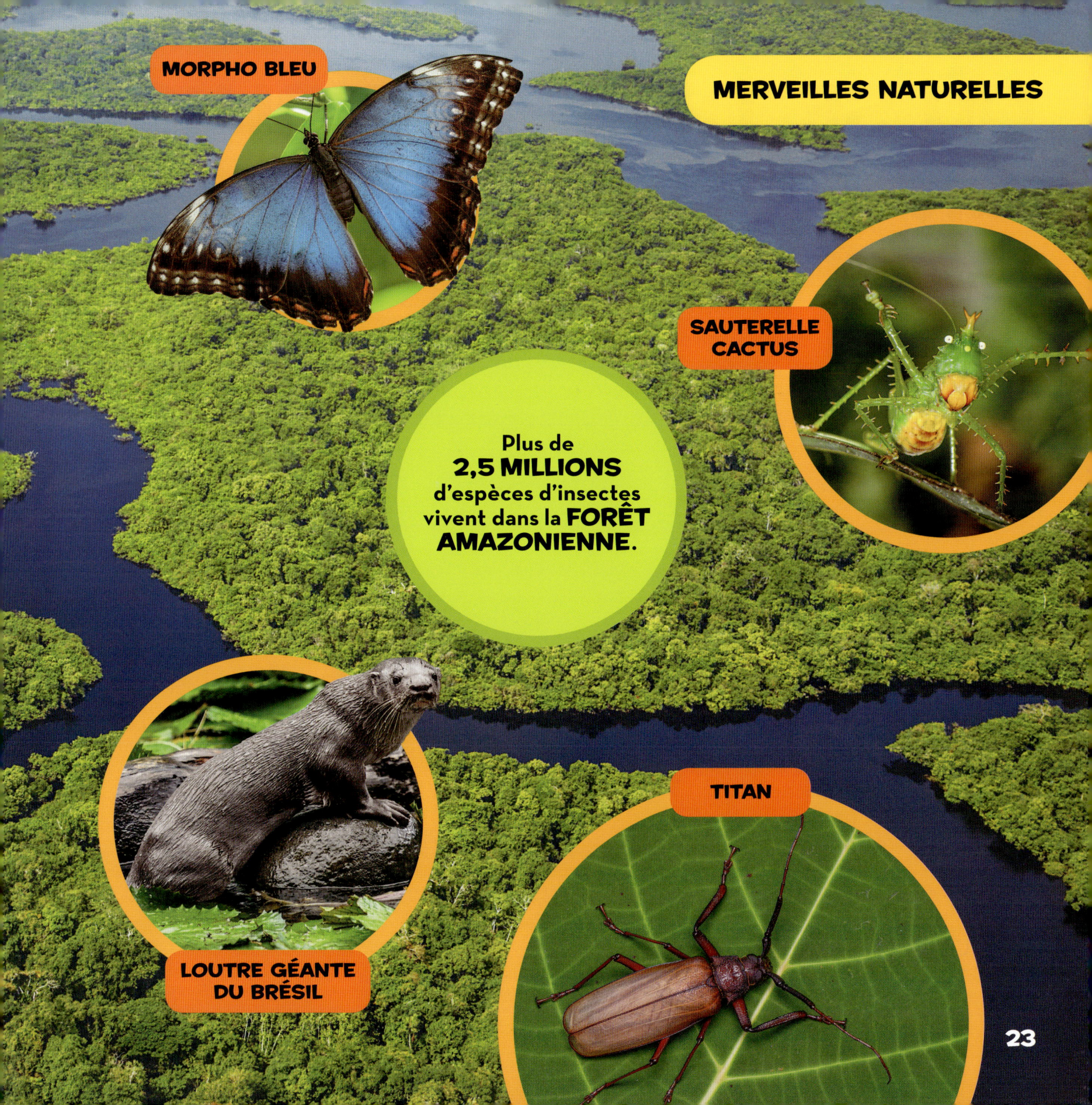

OÙ SE TROUVE LE PLUS GROS ROCHER?

Au milieu de l'Australie se trouve une immense région sèche et plate qu'on appelle l'Outback. Tout au milieu, il y a la plus grande roche du monde, nommée Uluru. Pour les indigènes australiens, Uluru est un rocher sacré. On demande aux visiteurs de ne pas l'escalader, mais de le contourner. Uluru est aussi connu sous le nom d'Ayers Rock.

ULURU mesure plus de **3 KILOMÈTRES** (2 mi) de long, mais on voit seulement **UNE PARTIE** du rocher. La majeure partie est enfouie **DANS LE SOL!**

MERVEILLES NATURELLES

Bien que le plus gros rocher du monde se trouve en Australie, il existe d'autres rochers étranges partout sur la planète. Dans le parc national Arches, aux États-Unis, d'énormes rochers forment des portails. On compte plus de 2 000 de ces formations rocheuses dans le parc.

PARC NATIONAL ARCHES

Lorsque la **PLUIE S'ABAT** sur du **GRÈS**, elle enlève de **TOUT PETITS BOUTS DE ROCHE**. Après des milliers d'années, cette érosion a créé des **ARCHES**.

As-tu déjà trouvé une roche qui avait une forme spéciale?

GLACIER LAMBERT-FISHER

OÙ EST LE PLUS GROS GLACIER?

Un glacier est une masse de glace et de neige qui bouge très lentement, si lentement qu'elle paraît immobile. Le glacier Lambert-Fisher, en Antarctique, est le plus gros au monde.

En Antarctique, on trouve aussi un glacier rouge! À cause de sa couleur, on l'a baptisé Blood Falls, ce qui veut dire « les chutes de sang ». La couleur rouge vient du fer, un minerai qui est présent dans l'eau.

BLOOD FALLS

Es-tu capable de bouger très, très lentement?

AMUSE-TOI! LA FONTE DES GLACES

MATÉRIEL
3 petits bols
3 glaçons
sucre
sel

Peux-tu prédire quel glaçon va fondre le premier?

1 Aligne les bols et place un glaçon dans chacun d'eux.

2 Saupoudre du sucre sur le premier glaçon.

3 Saupoudre du sel sur le deuxième glaçon.

4 Ne mets rien sur le troisième glaçon.

Selon toi, quel glaçon va commencer à fondre en premier? Et lequel va rester gelé le plus longtemps? Laisse les bols sur le comptoir pendant 20 minutes, puis reviens vérifier leur contenu. Avais-tu raison?

L'eau gèle à 0 °C (32 °F). Certaines choses n'ont aucun effet sur l'eau, mais le sel abaisse le point de congélation de l'eau (ou de la glace). C'est pourquoi il fait fondre la glace beaucoup plus rapidement que le sucre.

OÙ EST LE PLUS GRAND DÉSERT DU MONDE?

Tu crois qu'un désert est un endroit chaud et rempli de sable? C'est faux! Un désert, c'est tout simplement un lieu très, très sec, et aucun endroit sur Terre n'est aussi sec que l'Antarctique. L'Antarctique est le plus grand désert du monde… un désert glacial.

Un **DÉSERT** est un endroit où il tombe généralement **MOINS DE 25 CENTIMÈTRES** (10 po) de **PLUIE** ou de **NEIGE** par année.

ANTARCTIQUE

Quel est l'endroit le plus froid que tu as visité? Et le plus chaud?

MERVEILLES NATURELLES

Même dans le **SAHARA**, il fait **FROID LA NUIT**. Pendant une certaine période de l'année, les températures **NOCTURNES** peuvent descendre **SOUS LE POINT DE CONGÉLATION**.

DÉSERT DU SAHARA

Le désert du Sahara, qui recouvre une partie du nord de l'Afrique, est le plus grand désert chaud au monde. Beaucoup d'animaux qui y vivent, comme le dromadaire et le fennec, peuvent survivre longtemps sans boire d'eau.

FENNEC

L'ENDROIT LE PLUS SEC au monde se trouve dans une région du **DÉSERT D'ATACAMA**, au Chili. Il n'y **PLEUT PRATIQUEMENT** jamais.

DÉSERT D'ATACAMA

LE NIL

Le **NIL** traverse **11 PAYS** et se jette dans la **MÉDITERRANÉE**.

OÙ EST SITUÉ LE PLUS LONG FLEUVE?

Les scientifiques ne s'entendent pas sur cette question. Il est parfois difficile de mesurer la véritable longueur d'un fleuve parce qu'il peut être connecté à plusieurs autres cours d'eau ou rivières.

MERVEILLES NATURELLES

Certains scientifiques croient que le Nil, un fleuve d'Afrique, est le plus long cours d'eau au monde. D'autres disent que c'est l'Amazone, en Amérique du Sud.

Malgré tout, les experts s'entendent pour dire que l'Amazone a le plus important débit d'eau au monde.

L'AMAZONE

L'**AMAZONE** traverse **SIX PAYS** avant de se jeter dans **L'OCÉAN ATLANTIQUE.**

OÙ SE TROUVE LA PLUS HAUTE CHUTE D'EAU AU MONDE?

Il existe des chutes d'eau de toutes les hauteurs et de toutes les largeurs. La plus haute est le Salto Ángel, ce qui veut dire « la chute de l'ange ». Elle se trouve au Venezuela, en Amérique du Sud. La chute mesure presque 1 kilomètre (0,5 mi) de haut. Une partie de l'eau qui tombe se transforme en bruine avant même d'arriver en bas.

SALTO ÁNGEL

MERVEILLES NATURELLES

Quelles chutes d'eau aimerais-tu aller voir? Pourquoi?

LES CHUTES DE KHONE

Les chutes de Khone, au Laos, en Asie, sont les plus larges au monde. Elles mesurent 11 kilomètres (6,7 mi) de large, mais elles ne sont pas très hautes.

La **VOIE LACTÉE** est un amas stellaire composé de plus de **200 MILLIARDS D'ÉTOILES**, y compris notre Soleil! De la **TERRE**, on peut seulement voir une **PARTIE** de la Voie lactée.

OÙ PEUT-ON VOIR LE PLUS D'ÉTOILES?

La plupart du temps, on voit mieux quand il fait clair. Mais le meilleur endroit pour observer les étoiles, c'est à la campagne, loin des lumières de la ville. Plus le ciel est sombre, plus les étoiles sont visibles. Lève la tête vers le ciel et, à mesure que tes yeux vont s'adapter, tu verras les étoiles briller.

MERVEILLES NATURELLES

AURORE BORÉALE

AURORE AUSTRALE

Près des pôles, il arrive que d'étranges lueurs brillent dans le ciel, la nuit. Au nord, ce phénomène s'appelle une aurore boréale, tandis qu'au sud, c'est une aurore australe. Les aurores sont visibles lorsque de minuscules particules solaires entrent en collision avec les gaz de l'atmosphère terrestre.

Quel est ton endroit favori pour regarder les étoiles?

CARTE DES LIEUX NATURELS

Cette carte montre où se trouvent les lieux incroyables que tu as découverts au chapitre un. Avec ton doigt, relie chaque indice à l'endroit correspondant.

A. Le plus grand océan
B. La plus haute montagne
C. Le plus grand désert chaud
D. Le plus gros rocher
E. La chute d'eau la plus large
F. L'endroit le plus sec
G. Le plus gros glacier
H. La plus grande forêt tropicale

Sur quel continent se trouve ta **MAISON**?

Sur quel continent se trouve le **MONT EVEREST**?

CHAPITRE 2
DES ANIMAUX TOUT PARTOUT

Un troupeau de caribous au Manitoba, au Canada.

Dans ce chapitre, tu découvriras toutes sortes d'animaux. Certains sont gros et bruyants, d'autres sont petits et féroces. Quels types d'animaux verras-tu et où vivent-ils?

OÙ VIT LE PLUS GROS ANIMAL DU MONDE?

Le plus gros animal de la planète vit dans l'océan : c'est la baleine bleue. Ce mammifère gigantesque est aussi long que deux semi-remorques!

LA LANGUE DE LA **BALEINE BLEUE** pèse autant qu'un **ÉLÉPHANT** d'Afrique.

Le plus gros **ANIMAL TERRESTRE** est **L'ÉLÉPHANT D'AFRIQUE**. Même ses **OREILLES** sont **ÉNORMES**. Elles peuvent atteindre la taille d'une **BAIGNOIRE!**

ANIMAUX

Le plus grand animal du monde, la girafe, vit en Afrique. Certaines girafes sont plus hautes qu'un autobus à deux étages.

C'est aussi en Afrique qu'on trouve le plus gros oiseau du monde : l'autruche. Une autruche est plus grande qu'un réfrigérateur.

Le reptile le plus gros est le crocodile marin. C'est un animal carnivore qui vit dans certaines régions de l'Inde, de l'Asie et de l'Australie. Il est plus long qu'une petite voiture.

Cet insecte brindille, qu'on appelle un phasme, est originaire de la Chine. C'est l'insecte le plus long au monde. Il est plus long que ce livre ouvert!

Quel est le plus gros animal que tu as déjà vu?

OÙ SONT LES PLUS GROS SERPENTS?

Aimes-tu les serpents? Les GROS serpents? Voici quelques endroits où tu pourrais en apercevoir.

Le grand anaconda est le serpent le plus lourd au monde. Il pèse autant qu'un cochon adulte, et son corps a le même diamètre qu'un melon d'eau. L'anaconda vit dans les forêts tropicales de l'Amérique du Sud.

ANACONDA

C'est en Asie du Sud qu'on trouve le plus long serpent constricteur de la planète, le python réticulé. Ce serpent est long comme trois lits. À cause des motifs colorés sur son corps, il est difficile à repérer lorsqu'il rampe sur le sol.

PYTHON

Le python et l'anaconda sont des serpents **CONSTRICTEURS**. Cela signifie qu'ils tuent leurs proies en **S'ENROULANT** autour d'elles et en les serrant jusqu'à les **ÉTOUFFER**.

ANIMAUX

Le cobra royal est un serpent **VENIMEUX**. Pour tuer ses proies, il les **MORD** avec ses **CROCS** remplis de venin.

Le cobra royal vit dans certaines régions d'Asie. C'est le serpent venimeux le plus long au monde. Il peut faire de deux à trois fois la taille d'un homme adulte.

COBRA ROYAL

OÙ SE TROUVENT LES ANIMAUX LES PLUS BRUYANTS?

Certains des animaux les plus bruyants vivent dans l'océan. Le cachalot est le plus bruyant de tous. Ce mammifère gigantesque produit des sortes de clics, appelés des cliquetis, qui sont très forts.

Mais les créatures de l'océan qui font beaucoup de bruit ne sont pas toutes gigantesques. La petite crevette-pistolet a une pince spéciale qui projette une bulle pour frapper et assommer ses proies. La bulle sort si rapidement qu'elle produit un craquement assourdissant.

Sur la terre ferme, le lion d'Afrique est l'un des animaux les plus bruyants. Son rugissement peut être entendu jusqu'à 8 kilomètres (5 mi) à la ronde!

Le cri du kakapo, une sorte de perroquet qui vit sur des îles proches de la Nouvelle-Zélande, peut être entendu jusqu'à une distance de 5 kilomètres (3 mi).

Le **RUGISSEMENT** d'un **LION** peut être plus bruyant que le moteur d'une **MOTOCYCLETTE!**

LION D'AFRIQUE

ANIMAUX

CACHALOT

La crevette-pistolet peut faire autant de **BRUIT** qu'un avion à réaction au **DÉCOLLAGE**.

CREVETTE-PISTOLET

Le cri du **KAKAPO** est parfois **PLUS FORT** que le **TONNERRE**!

KAKAPO

Quel est le bruit le plus fort que tu as déjà entendu?

CIGALE AUSTRALIENNE

OÙ VIT L'INSECTE LE PLUS BRUYANT?

Les cigales remportent la palme de l'insecte le plus bruyant. On en trouve un peu partout dans le monde. Elles passent la majeure partie de leur vie dans le sol, à boire la sève des arbres. Quand elles atteignent la maturité, elles remontent à la surface pour vivre dans les arbres et les buissons. Elles se défont de leur carapace pour libérer leurs ailes et se mettent à pousser leur chant caractéristique. *Crii! Crii! Crii!*

La plus bruyante d'entre elles est la cigale australienne. Elle vit près des côtes de l'Australie. Son chant peut atteindre 120 décibels et être entendu à près de 2,5 kilomètres (1,5 mi) de distance.

AMUSE-TOI! FABRIQUE UN GAZOU

MATÉRIEL

rouleau de papier de toilette vide

crayons à colorier ou autocollants

ciseaux

papier ciré

élastique

Les cigales produisent un bourdonnement sourd. Fabrique-toi un gazou pour produire le même genre de son.

1 Décore le rouleau avec des crayons à colorier ou des autocollants.

2 Demande à un adulte de t'aider à découper une rondelle de papier ciré environ 5 centimètres (2 po) plus large que l'ouverture du rouleau.

3 Recouvre le bout du rouleau avec le papier ciré et fais-le tenir en place avec l'élastique.

4 Souffle dans l'autre bout du rouleau. *Dou-dou-douuu!*

Essaie de produire différents sons avec ton gazou. Qu'est-ce qui émet le bourdonnement le plus fort?

OÙ TROUVE-T-ON LES KOALAS?

Pour voir un koala sauvage, tu vas devoir aller à l'autre bout du monde : en Australie. Les koalas vivent dans l'est de ce continent. Ces petits animaux à la fourrure soyeuse passent presque tout leur temps dans les arbres, en particulier l'eucalyptus. Ils y grimpent pour se nourrir de feuilles et pour dormir.

Les koalas sont des marsupiaux, c'est-à-dire qu'ils transportent leurs petits dans une poche ventrale. La plupart des marsupiaux vivent en Australie ou sur les îles avoisinantes. On en trouve aussi en Amérique du Nord et du Sud.

Comment les gens transportent-ils leurs bébés?

ANIMAUX

OPOSSUM DE VIRGINIE

L'opossum de Virginie est le seul marsupial qui vit en Amérique du Nord. Il est à peu près aussi gros qu'un chat domestique.

On trouve le diable de Tasmanie seulement en Tasmanie, une grosse île au sud de l'Australie. C'est un marsupial tranquille… la plupart du temps.

DIABLE DE TASMANIE

MONITO DEL MONTE

Le nom de cet animal, *monito del monte*, signifie « singe des montagnes » en espagnol. Toutefois, ce n'est pas un singe, mais un marsupial de la grosseur d'une souris. Cet animal vit dans certaines forêts du Chili et de l'Argentine.

Les kangourous rouges sont des marsupiaux qui se déplacent en bondissant. Ils vivent dans l'est de l'Australie ou sur les îles avoisinantes.

KANGOUROU ROUGE

OÙ VIVENT LES PANDAS GÉANTS?

Les pandas géants vivent en Chine, dans les forêts fraîches et humides des montagnes, où ils peuvent trouver leur nourriture favorite : le bambou. La chair tendre des pousses de bambou est protégée par une couche rigide, mais ce n'est pas un problème pour les pandas géants, qui ont des dents assez puissantes pour arracher l'écorce.

Les pandas géants passent environ 12 heures par jour à mâcher du bambou. Avec ce genre de régime alimentaire, il n'est pas surprenant qu'ils doivent faire leurs besoins au moins une douzaine de fois par jour!

Un **PANDA** qui **VIENT DE NAÎTRE** est à peine plus grand que ta **MAIN**.

PANDA NAISSANT

ANIMAUX

PANDA ROUX

Les pandas roux vivent aussi dans les forêts montagneuses de la Chine. Ils ont environ la taille d'un chat domestique. Ils sont donc beaucoup plus petits que les pandas géants, mais mangent du bambou comme eux. Ils aiment aussi les fruits, les glands, les racines et les œufs.

Connais-tu d'autres animaux qui ont un pelage noir et blanc?

OÙ VONT LES POISSONS QUAND LES LACS ET LES RIVIÈRES GÈLENT?

Lorsque les températures hivernales tombent sous le point de congélation, de la glace se forme sur les rivières, les ruisseaux et les lacs. Sous cette couche de glace, l'eau est trop froide pour la plupart des poissons. Alors, ils se regroupent près du fond des lacs et des rivières, où l'eau est un peu moins froide, et attendent que l'hiver passe.

ANIMAUX

TORTUE QUI SE PRÉLASSE AU SOLEIL SUR UNE SOUCHE

Les tortues survivent à l'hiver par d'autres moyens. Les tortues terrestres creusent dans le sol un tunnel qui leur servira de nid, puis s'y blottissent pour hiberner.

Les tortues marines nagent jusqu'au fond d'une rivière ou d'un plan d'eau et s'enfouissent dans la boue, puis hibernent elles aussi.

Les grenouilles entrent également en hibernation pendant l'hiver. Celles qui vivent dans l'eau s'enfoncent dans la boue comme les tortues, tandis que celles qui vivent sur terre se cachent sous une souche ou sous des feuilles mortes pour hiberner. Il arrive parfois que des parties du corps de la grenouille gèlent, mais cela ne lui fait pas mal.

GRENOUILLE QUI HIBERNE

Où aimes-tu aller te réchauffer lorsqu'il fait froid dehors?

L'HIBERNATION, c'est comme une **LONGUE SIESTE**. Le **RYTHME CARDIAQUE** et la **RESPIRATION** de l'animal **RALENTISSENT** jusqu'à ce que la chaleur du printemps « ranime » son corps.

OÙ DORMENT LES OISEAUX?

Les **FLAMANTS DORMENT** souvent en se tenant **SUR UNE PATTE.**

Les oiseaux dorment un peu partout. Certains se réfugient dans les hautes branches des arbres, d'autres dans des buissons, sur le sol ou même dans l'eau peu profonde.

ANIMAUX

PERROQUETS

PIGEON

Avant de dormir, la plupart des oiseaux vont gonfler leur plumage, relever une patte et presser leur bec contre leur corps. Cela les aide à rester au chaud.

Les oiseaux qui dorment dans les arbres gonflent aussi leur plumage. Il y a même des oiseaux qui peuvent voler et dormir en même temps!

Les **CHOUETTES** chassent la nuit. Le **JOUR**, elles trouvent un **ENDROIT SOMBRE** et **FEUILLU** pour **DORMIR**.

Que fais-tu pour te préparer à dormir?

GNOUS

Certains animaux **MIGRENT**, c'est-à-dire qu'ils se **DÉPLACENT** d'un endroit à un autre pour trouver de la **NOURRITURE** ou pour **S'ACCOUPLER**.

OÙ VONT LES ANIMAUX QUAND ILS MIGRENT?

Les gnous vivent dans le Serengeti, une région de l'Afrique qui subit quelques mois par an un épisode de sécheresse extrême. À l'arrivée de la saison sèche, les troupeaux de gnous suivent les pluies à la recherche d'herbe verte à manger.

Le caribou, qu'on appelle parfois un renne, vit en Amérique du Nord, en Europe, en Asie et au Groenland. Il passe le printemps et l'été à se régaler d'herbes et de plantes. À l'automne, quand la croissance des végétaux ralentit ou s'interrompt, il se déplace sur des centaines de kilomètres vers le sud pour trouver de la nourriture. Au printemps, les troupeaux migrent à nouveau vers le nord pour retourner sur leur territoire d'origine.

Les baleines à bosse passent l'été dans les eaux froides, comme celles de l'océan Arctique. Elles y engloutissent des tonnes de krill, de minuscules animaux semblables à des crevettes. À l'automne, elles migrent vers des eaux plus chaudes pour donner naissance à leurs petits.

ANIMAUX

CARIBOUS

Un **TROUPEAU** de **CARIBOUS** peut compter jusqu'à **UN DEMI-MILLION** d'individus.

KRILL

BALEINES À BOSSE

Certains insectes migrent également. Le papillon monarque est le champion des migrations! Chaque automne, les monarques parcourent près de 4 800 kilomètres (3 000 mi). Ils partent du Canada et du nord-est des États-Unis pour se rendre dans le sud de la Californie ou le centre du Mexique, où il fait chaud. Des millions de monarques passent l'hiver là-bas, accrochés en grappes aux branches des arbres.

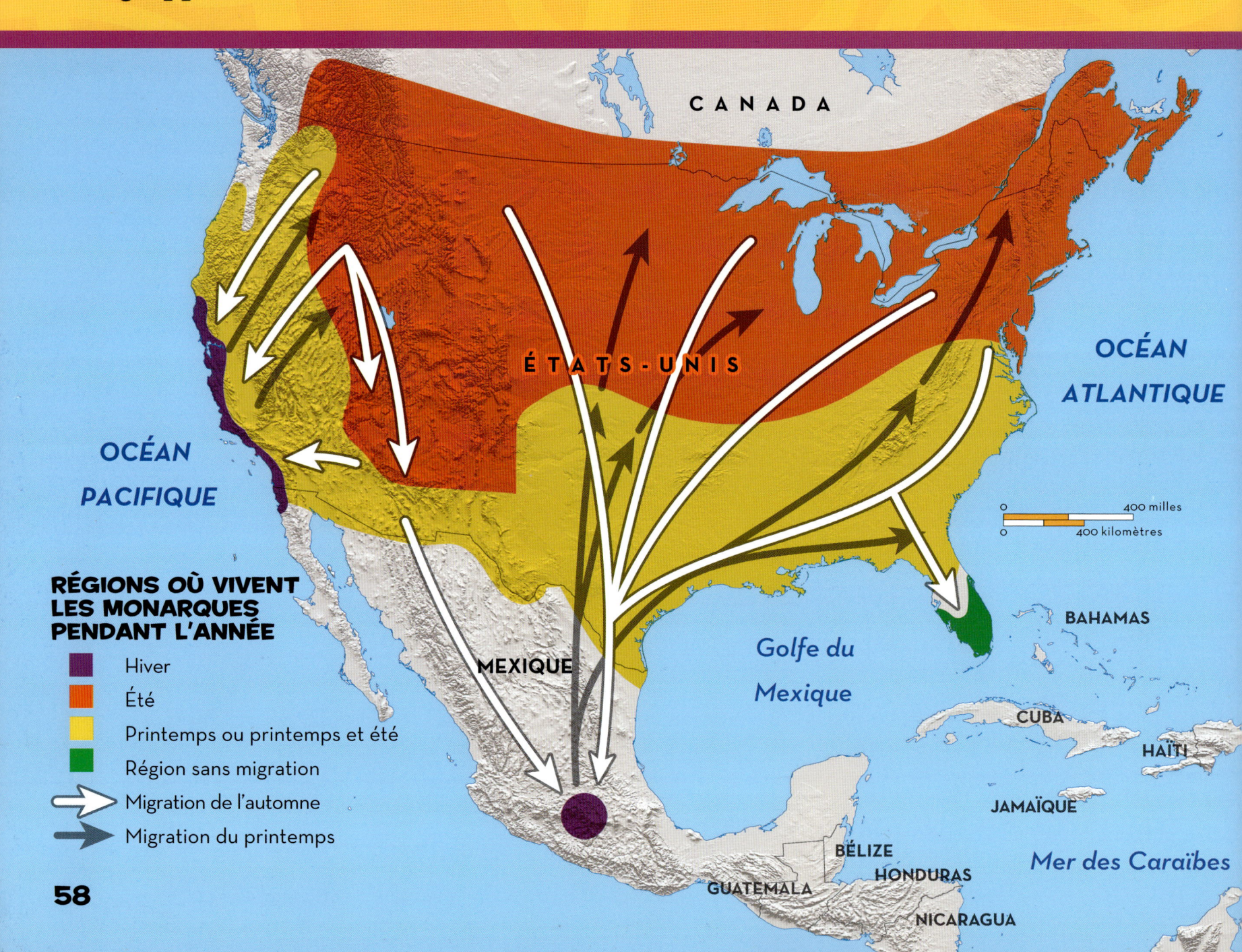

Au printemps, les monarques commencent leur voyage vers le nord. Ils s'arrêtent en chemin et vivent juste assez longtemps pour pondre leurs œufs.

Ces œufs donneront naissance à des chenilles, qui se transformeront ensuite en papillons. Ces nouveaux papillons vont s'envoler vers le nord et parcourir quelques centaines de kilomètres avant de s'arrêter pour pondre leurs propres œufs.

À la fin du périple, une nouvelle génération de monarques arrive dans le nord pour l'été, jusqu'à ce qu'il soit temps pour eux de partir vers le sud.

Quel est l'endroit le plus loin de chez toi que tu as visité?

ANIMAUX

CHENILLE DU MONARQUE

MONARQUES

OÙ SONT APPARUS LES PREMIERS ANIMAUX DOMESTIQUES?

Personne ne sait exactement où et quand sont apparus les animaux domestiques. Les historiens pensent qu'ils sont apparus en Afrique et en Asie il y a de cela entre 10 000 et 40 000 ans. Ils s'entendent toutefois pour dire que les chiens ont été les premiers animaux domestiqués. Les gens apprivoisaient des chiens sauvages pour qu'ils montent la garde ou les aident à chasser.

ANIMAUX

Les gens de **L'ÉGYPTE ANCIENNE** ont probablement été les **PREMIERS** à domestiquer des **CHATS**.

L'amitié entre les chats et les humains remonte elle aussi à des milliers d'années. Lorsque les humains ont commencé à faire des réserves de céréales, cela a attiré des rats voraces. Quand des chats sauvages ont entrepris de chasser les rongeurs, les gens étaient bien contents parce qu'il y avait moins de rats qui volaient leur nourriture.

Quel est ton animal domestique préféré? Pourquoi?

PAYS OÙ IL Y A LE PLUS DE CHIENS ET DE CHATS DOMESTIQUES

CHIENS

1. États-Unis
2. Brésil
3. Chine
4. Russie
5. Japon

CHATS

1. États-Unis
2. Chine
3. Russie
4. Brésil
5. France

OURS POLAIRE

OÙ VONT LES ANIMAUX DE L'ARCTIQUE POUR SE TENIR AU CHAUD?

Certains animaux de l'Arctique, comme le renard polaire, le lièvre arctique et l'ours polaire, se creusent des tanières dans la neige pour échapper au froid extrême de l'hiver. Ces animaux se blottissent dans leur tanière, loin des vents glacials. Leur fourrure épaisse les aide à conserver leur chaleur corporelle. Ils ont même des poils sous les pattes!

Les animaux marins de l'Arctique, comme les narvals, les phoques et les morses, ont sous la peau une épaisse couche de graisse qu'on appelle du lard. Le lard aide ces animaux à garder leur corps au chaud, même dans les eaux froides.

AMUSE-TOI! EXPÉRIENCE AVEC DU LARD

MATÉRIEL

grand bol

eau froide

glaçons

graisse alimentaire

Peux-tu utiliser du lard pour rester au chaud?

1 Remplis environ la moitié d'un bol d'eau froide.

2 Ajoute des cubes de glace jusqu'à ce que l'eau monte à environ 2,5 centimètres (1 po) du bord.

3 Enduis l'un de tes index d'une épaisse couche de graisse alimentaire. Assure-toi de couvrir tout ton doigt. Ce sera ta couche de « lard ».

4 Plonge tes deux index dans le bol, un avec la couche de lard et l'autre sans. Quel doigt arrives-tu à garder dans l'eau glacée le plus longtemps? Celui avec du lard ou l'autre?

OÙ SE TROUVENT LES MANCHOTS?

Sur les photos, on voit souvent les manchots entourés de neige ou de glace. C'est parce que la plupart d'entre eux vivent le long des côtes gelées de l'Antarctique.

Il existe 18 espèces de manchots, mais elles ne vivent pas toutes là où il fait froid. La carte ci-contre montre où habitent certaines d'entre elles.

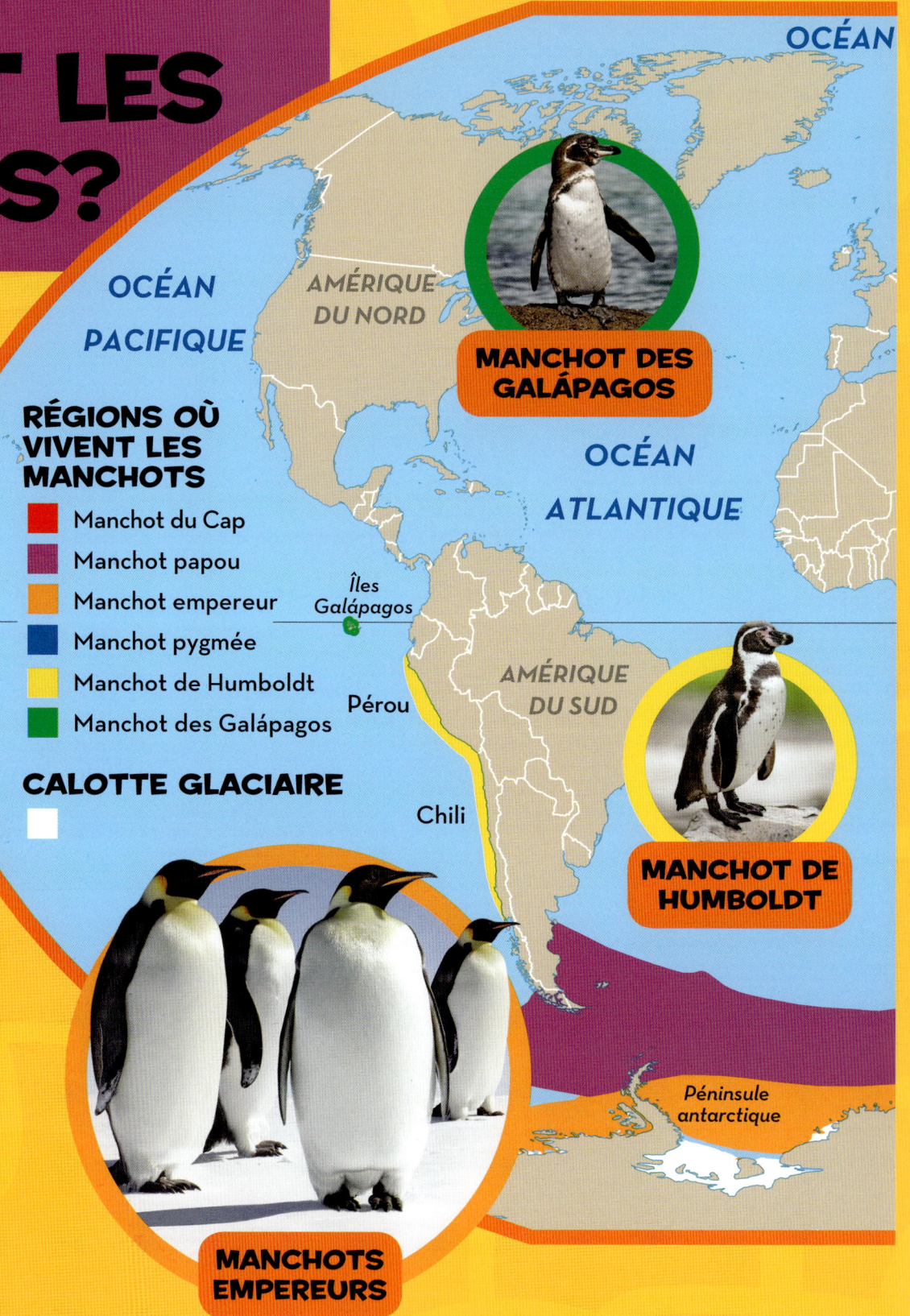

RÉGIONS OÙ VIVENT LES MANCHOTS
- Manchot du Cap
- Manchot papou
- Manchot empereur
- Manchot pygmée
- Manchot de Humboldt
- Manchot des Galápagos

CALOTTE GLACIAIRE

MANCHOT DES GALÁPAGOS

MANCHOT DE HUMBOLDT

MANCHOTS EMPEREURS

OÙ VIVENT LES ANIMAUX EN ANTARCTIQUE?

MANCHOTS ROYAUX ET ÉLÉPHANTS DE MER

Comme les manchots, les autres animaux en Antarctique restent près des côtes ou vivent dans l'océan. C'est là qu'ils trouvent à manger. Ils ne s'aventurent pas à l'intérieur du continent. Il y fait froid, il n'y a pas de nourriture ni d'eau, et la terre est complètement gelée!

De nombreuses espèces de phoques vivent le long de la côte de l'Antarctique, comme l'otarie à fourrure antarctique, l'éléphant de mer, le phoque de Weddell et le léopard de mer.

ANIMAUX

Aucun **HUMAIN** ne vit toute l'année en Antarctique. **ON N'Y TROUVE NI VILLE NI VILLAGE.** Cependant, des scientifiques travaillent dans des **STATIONS DE RECHERCHE** pour étudier la terre, le climat et la faune de ce continent.

Plusieurs espèces d'oiseaux survolent l'Antarctique, dont le cormoran impérial, le pétrel des neiges, le chionis blanc et l'albatros hurleur.

D'une aile à l'autre, **L'ALBATROS HURLEUR** est le plus **LARGE** des oiseaux. Comme il se laisse facilement **PORTER PAR LE VENT**, il n'a pratiquement jamais besoin de se reposer... ou même de **BATTRE DES AILES!**

PHOQUE DE WEDDELL

ALBATROS HURLEUR

TAMARIN-LION DORÉ

OÙ PEUT-ON APERCEVOIR DES SINGES SAUVAGES?

Il existe deux groupes de singes : les singes du Nouveau Monde et ceux de l'Ancien Monde. Les singes du Nouveau Monde vivent dans des forêts tropicales d'Amérique centrale et d'Amérique du Sud. Les singes hurleurs, le tamarin-lion doré et le singe-araignée commun en font partie.

ANIMAUX

QUEUE PRÉHENSILE

SINGE-ARAIGNÉE COMMUN

Le **MANDRILL** est le **PLUS GROS SINGE** au monde. Il vit dans les forêts tropicales d'**AFRIQUE** centrale et a la taille d'un **ENFANT DE TROIS ANS.**

Le **PLUS PETIT SINGE** au monde est le **OUISTITI PYGMÉE**. Il n'est pas plus gros que ta main.

La plupart des singes du Nouveau Monde ont une queue préhensile. Cela veut dire qu'elle peut saisir une chose et s'y agripper.

Les singes de l'Ancien Monde, comme le babouin, le mandrill et le langur de Java, vivent en Afrique et en Asie. La plupart d'entre eux n'ont pas de queue.

OÙ TROUVE-T-ON DE VRAIS DRAGONS?

Il y a des dragons partout dans le monde. Bien sûr, ce ne sont pas des monstres cracheurs de feu comme dans les livres pour enfants, mais certains animaux sont appelés ainsi à cause de leur apparence ou de leur comportement.

Le dragon de Komodo est le lézard le plus gros et le plus lourd au monde. Ce reptile géant, qui vit seulement en Indonésie, peut manger des proies aussi grosses qu'un buffle d'Asie, un cerf ou un sanglier. Le dragon de Komodo sort constamment sa longue langue pour « goûter » l'air et « sentir » ses proies.

Le **DRAGON DE KOMODO ADULTE** est **PLUS LONG** que ton **LIT!**

ANIMAUX

Cet insecte d'un **ROSE ÉLECTRIQUE** est le **MILLE-PATTES DRAGON**. Il vit dans les **GROTTES** de calcaire de la Thaïlande.

Le magnifique **DRAGON BLEU DES MERS** vogue sur le dos au milieu des vagues de l'océan! Même s'il n'est pas plus gros que ton pouce, sa **PIQÛRE EST VENIMEUSE**.

OÙ VIVAIT LE TYRANNOSAURE?

Pendant la préhistoire, le tyrannosaure régnait sur les forêts de l'ouest de l'Amérique du Nord. Les scientifiques ont découvert, dans cette région, des os fossilisés de tyrannosaure, qu'on appelle aussi *Tyrannosaurus rex*. La carte ci-contre te montre où vivaient certains dinosaures il y a des millions d'années.

Quel est ton dinosaure préféré? Pourquoi?

OCÉAN
AMÉRIQUE DU NORD
Tyrannosaure, Montana, États-Unis
Tricératops, Colorado, États-Unis
OCÉAN PACIFIQUE
OCÉAN ATLANTIQUE
AMÉRIQUE DU SUD
Giganotosaure, Argentine

ANIMAUX

ARCTIQUE

Archéoptéryx, Allemagne

EUROPE

ASIE

Vélociraptor, désert de Gobi, Mongolie

Spinosaure, Égypte

OCÉAN PACIFIQUE

AFRIQUE

ÉQUATEUR

OCÉAN INDIEN

AUSTRALIE

ANTARCTIQUE

FOSSILE DE TYRANNOSAURE

Un **FOSSILE** est une **PARTIE** d'un **ÊTRE VIVANT** qui est préservée dans la **ROCHE**.

Cette carte montre les noms actuels des régions où les **DINOSAURES** ont jadis régné.

73

CARTE DES ANIMAUX

Cette carte montre où vivent les animaux fascinants que tu as découverts au chapitre deux. Avec ton doigt, relie chaque indice à l'animal correspondant.

A. Le plus gros animal terrestre
B. Le plus gros reptile
C. Le serpent le plus lourd
D. L'insecte le plus bruyant
E. Le lézard le plus lourd
F. Le singe le plus gros
G. Le singe le plus petit

Sur quel **CONTINENT** vivent la plupart des **MARSUPIAUX**? (Indice : va voir à la page 48.)

OUISTITI PYGMÉE

MANDRILL

RÉGIONS OÙ VIVENT LES ANIMAUX
- Éléphant d'Afrique
- Grand anaconda
- Cigale australienne
- Dragon de Komodo
- Mandrill
- Ouistiti pygmée
- Crocodile marin

OCÉAN
AMÉRIQUE DU NORD
OCÉAN ATLANTIQUE
Équateur
AMÉRIQUE DU SUD
OCÉAN PACIFIQUE
OCÉAN ATLANTIQUE

GRAND ANACONDA

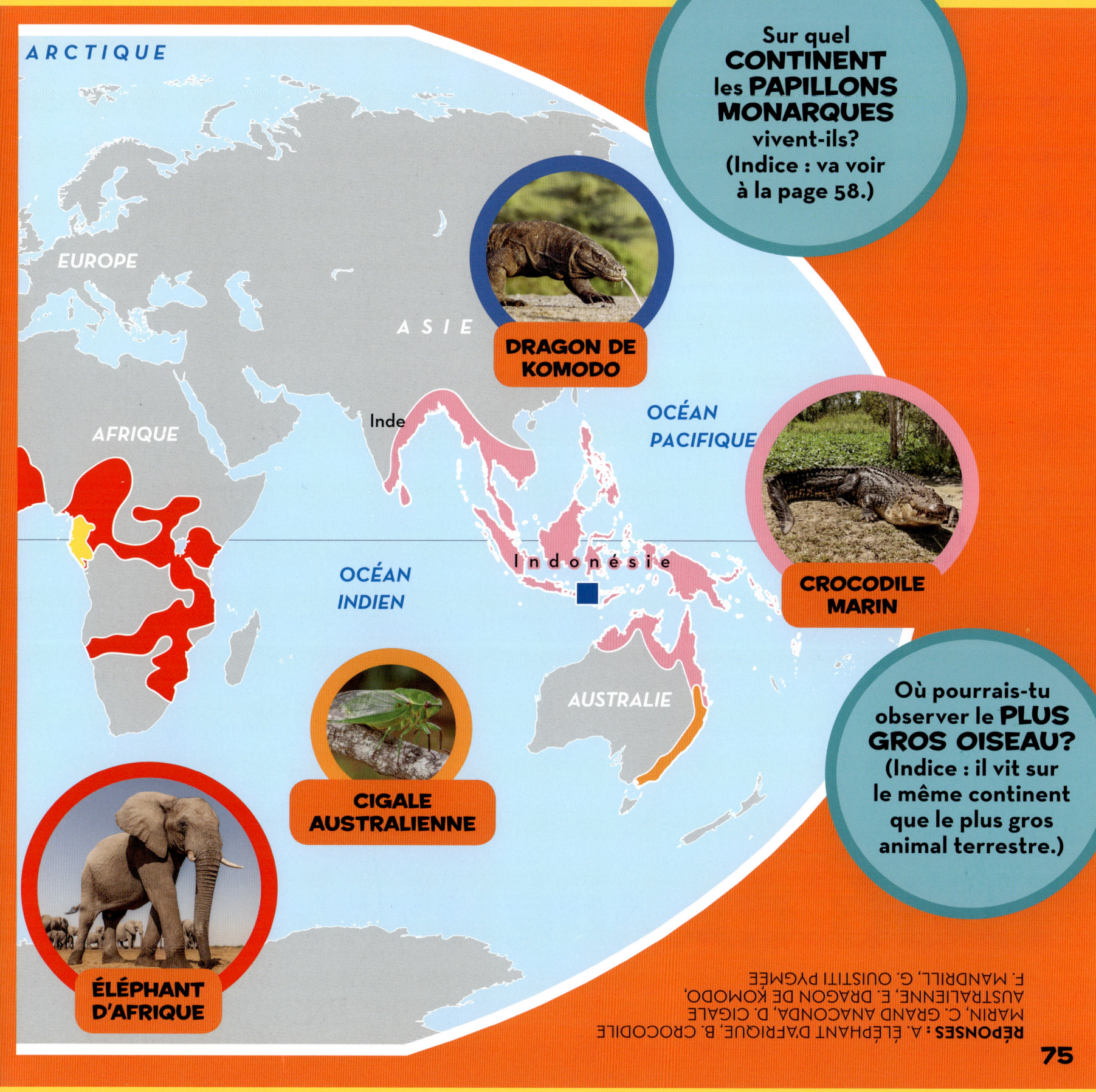

CHAPITRE 3
D'OÙ ÇA VIENT?

Les surfeurs glissent sur les vagues aux quatre coins du monde.

Planches de surf, livres, pizzas : toutes sortes d'inventions ont rendu nos vies plus faciles, plus intéressantes et plus savoureuses. Dans ce chapitre, tu découvriras d'où viennent certaines de ces grandes découvertes.

OÙ A-T-ON INVENTÉ LA PIZZA?

Cela fait des centaines d'années que les gens, partout dans le monde, mangent du pain plat et chaud garni de viande et de légumes. Mais la pizza que nous connaissons aujourd'hui — avec de la sauce tomate et du fromage fondu — vient d'Italie.

Quelles garnitures aimes-tu sur ta pizza?

INVENTIONS

Pour rendre la pâte à pizza **SOUPLE** et **RÉSISTANTE**, il faut la **PÉTRIR** pendant plusieurs minutes.

On **LANCE LA PÂTE** dans les **AIRS** pour **L'ÉTIRER** jusqu'à ce qu'elle soit aussi grande que la plaque.

Selon la légende, le propriétaire d'un restaurant de Naples, en Italie, a créé une nouvelle sorte de pizza en 1889. Il voulait impressionner le roi et la reine, qui visitaient la ville. Ce pizzaiolo a garni sa pizza de sauce tomate, de fromage mozzarella et de basilic. La reine Margherita s'est régalée! De nos jours, on continue à faire des pizzas « Margherita » avec ces trois ingrédients.

AVEC DU CALMAR!

Personne ne s'entend sur les meilleures garnitures à pizza. Voici les garnitures les plus populaires dans certains pays.

Pays	Garniture
Japon	calmar, anguille
Costa Rica	noix de coco
Brésil	petits pois
Pakistan	curry
Inde	gingembre mariné
Suède	arachides
Australie	crevettes
États-Unis	pepperoni
Islande	bananes

KULFI

MOCHI

Certains pays font des **DESSERTS GLACÉS UNIQUES.** En Italie, il y a le **GELATO**, en Inde, le **KULFI**, et au Japon, le **MOCHI**.

Un autre délicieux dessert, la crème glacée, est l'une des meilleures inventions culinaires de tous les temps! Mais d'où vient-elle?

INVENTIONS

La crème glacée a été inventée en Chine il y a près de 1 400 ans. À cette époque, elle était probablement faite avec du lait de bufflonne et n'avait ni l'apparence ni le goût de la crème glacée d'aujourd'hui! Elle ressemblait davantage à de la purée de glace ou à une barbotine.

MIAM! Ce tableau montre où certains plats et aliments populaires ont été inventés.

Aliment	Pays
hot-dogs	Allemagne
frites	Belgique
tacos	Mexique
barres de chocolat	Angleterre
dumplings	Chine
barres tendres	États-Unis

Qu'est-ce que tu aimes le plus manger?

D'OÙ VIENNENT LES PREMIERS LIVRES?

C'est en Égypte ancienne qu'on a commencé à écrire, sur du papyrus, des symboles que les gens pouvaient lire. Le papyrus, un textile semblable à une épaisse feuille de papier, était produit à partir d'une plante du même nom.

PAPYRUS

Il y a environ 2 000 ans, les Chinois ont inventé un papier léger et mince. Ils reliaient plusieurs feuilles ensemble pour faire un livre. Les premiers livres chinois étaient tous écrits à la main.

Les premiers livres modernes ont été fabriqués en Corée, à l'aide d'une machine appelée la presse à imprimer. Cette machine pressait des feuilles de papier contre de tout petits blocs sur lesquels il y avait des caractères en relief. Ces blocs, appelés des caractères mobiles, étaient couverts d'encre. Avec cette invention, il n'était plus nécessaire de recopier chaque livre à la main!

Sais-tu où le livre que tu as entre les mains a été imprimé? (Indice : va voir à la dernière page.)

INVENTIONS

PRESSE À IMPRIMER

De nos jours, grâce à **L'INFORMATIQUE**, les livres sont **IMPRIMÉS PARTOUT DANS LE MONDE.**

PLATEAU EXTÉRIEUR

OÙ TOURNE-T-ON LES ÉMISSIONS DE TÉLÉVISION?

On tourne des émissions de télévision partout dans le monde. Pendant que les acteurs jouent leur rôle, des caméras les filment. L'endroit où une émission est tournée s'appelle un plateau.

Certains plateaux sont installés à l'intérieur, dans des immeubles spacieux. C'est en partie parce qu'il faut énormément de gens pour produire une émission de télévision. Certains s'occupent du maquillage, de la conception des costumes et de la fabrication des décors. D'autres sont chargés de l'éclairage, de la prise de son et des caméras. Tous ces gens font partie de l'équipe de tournage. On ne les voit pas quand on regarde une émission, mais ils sont essentiels à sa production.

Sur le plateau, des menuisiers doivent construire des pièces qui ressemblent à l'intérieur d'une maison ou d'un bureau. Bien sûr, ils ne bâtissent pas une maison au complet. Sur le plateau, les murs ne sont pas tous là, il n'y a pas de plafonds et plusieurs portes ne mènent nulle part!

INVENTIONS

PLATEAU INTÉRIEUR

Dans certaines émissions, tu peux **ENTENDRE** des **RIRES** ou d'autres bruits, comme des oiseaux qui **PÉPIENT**. Ces **SONS** sont habituellement **AJOUTÉS** après le tournage, mais avant la diffusion à la **TÉLÉVISION**. C'est ce qu'on appelle le **BRUITAGE**.

Les **DESSINS ANIMÉS** sont composés de **MILLIERS D'IMAGES** statiques. Quand ces images sont montrées **RAPIDEMENT** dans un certain ordre, on dirait qu'elles **BOUGENT**!

OÙ A-T-ON INVENTÉ LA BICYCLETTE?

La première bicyclette a été inventée en Allemagne il y a environ 200 ans. Elle n'avait pas de pédales. Pour se déplacer, il fallait mettre les pieds par terre et pousser!

Les premières bicyclettes étaient faites en bois ou en acier. Elles étaient lourdes et difficiles à faire tenir debout. Leurs roues étaient recouvertes de cuir ou de fer. Quand on roulait avec ces bicyclettes, on sentait toutes les bosses sur la route! Dans les années 1880, les pneus en caoutchouc ont été inventés, et les promenades à bicyclette sont devenues moins pénibles.

C'est dans les années 1860 qu'on a installé des pédales aux bicyclettes. Elles étaient attachées à la roue avant. Quelques années plus tard, un inventeur anglais a pensé utiliser une chaîne pour relier les pédales à la roue arrière. Enfin, on a aussi muni les bicyclettes de freins.

BICYCLETTE SANS PÉDALES

Le **GRAND-BI** a été inventé en **FRANCE** dans les années 1860. Il fallait de **LONGUES JAMBES** pour l'utiliser.

INVENTIONS

Les **PLANCHES À ROULETTES** ont été inventées par des **SURFEURS** qui voulaient s'entraîner sur la **TERRE FERME**. Un Américain de Californie a attaché de **VIEUX PATINS À ROULETTES** à une petite planche de bois, et la planche à roulettes est née. Génial!

PLANCHE À ROULETTES

Comme la bicyclette, la trottinette a elle aussi été inventée en Allemagne. Les premières trottinettes avaient de petites roues et étaient faites en bois de rebut.

TROTTINETTE

Peux-tu nommer d'autres objets qui ont des roues?

INVENTIONS

PLANCHE DE SURF

Il y a aussi des **CHATS** et des **CHIENS** surfeurs. Il existe même un **CHAMPIONNAT MONDIAL DE SURF** pour les chiens!

Les planches de surf ont été inventées il y a environ 1 500 ans en Polynésie, une région de l'océan Pacifique constituée d'une centaine d'îles. Les premières planches de surf étaient faites en bois et pesaient plus de 45 kilogrammes (100 lb).

D'OÙ VIENNENT LES JEUX DE SOCIÉTÉ?

Cela fait très, très longtemps que les gens s'amusent en déplaçant des pièces sur des planchettes. Voici les endroits où quelques-uns des jeux de société les plus populaires ont été inventés.

Personne ne sait quand le jeu de mancala a été inventé ni d'où il vient.

On a joué aux dames pour la première fois dans la région où se trouve présentement l'Irak. Selon le pays où on joue, la planchette peut compter 64, 100 ou 144 cases.

Le go est un jeu populaire dans toute l'Asie. Il a été inventé en Chine il y a environ 4 000 ans.

INVENTIONS

C'est une Californienne qui, pendant un séjour à l'hôpital, a inventé le jeu Candy Land, en 1949.

Le backgammon est né dans la région où se trouve présentement l'Irak.

Le jeu d'échecs est apparu en Inde et s'est rapidement répandu aux quatre coins du monde.

Les gens de l'Égypte ancienne jouaient à un jeu de société appelé le senet.

À quels jeux de société aimes-tu jouer?

OÙ VA L'EAU QUAND JE TIRE LA CHASSE?

USINE DE TRAITEMENT DES EAUX USÉES

Quand tu tires la chasse d'eau de la toilette, la gravité tire l'eau vers le bas. *Flouch! Glou-glou-glou.* L'eau file dans les tuyaux souterrains jusqu'à l'usine de traitement des eaux usées.

À l'usine, l'eau est filtrée pour en retirer les déchets. L'eau est nettoyée, encore et encore, avant d'être relâchée dans les rivières et les cours d'eau à proximité.

INVENTIONS

LATRINES

C'est en Angleterre qu'on a vu apparaître les premières toilettes à l'intérieur des maisons. Avant, les gens faisaient leurs besoins dans des latrines, une sorte de petite cabane dans leur cour. L'urine et les excréments tombaient dans un trou creusé à même le sol. Lorsque le trou était plein, la famille creusait un nouveau trou et y déplaçait les latrines. L'ancien trou était bouché avec de la terre.

Avant l'invention du **PAPIER HYGIÉNIQUE**, les gens utilisaient des morceaux de **PAPIER JOURNAL**, des coquillages, des **FEUILLES**, des épis de maïs, de la laine de mouton ou ce qu'ils avaient à **PORTÉE DE MAIN**.

OÙ SONT ENVOYÉS NOS DÉCHETS?

T'es-tu déjà demandé où va le camion à ordures avec les déchets? Tout dépend d'où tu vis. À certains endroits, les déchets sont apportés dans des usines spéciales, où on les brûle pour produire de l'énergie. Ailleurs, les déchets sont jetés dans une machine qui les déchiquette. Certains déchets sont aussi apportés dans un centre de tri et seront recyclés.

Mais la plupart des déchets domestiques vont à la décharge. Là, d'énormes bulldozers ainsi que des chargeurs passent la journée à entasser les déchets et à les recouvrir de terre. Les montagnes de déchets ensevelis ne cessent de grandir.

Les **CAMIONS À ORDURES** modernes ont été inventés aux **ÉTATS-UNIS** au début des années **1900**.

On peut recycler des **BOUTEILLES EN PLASTIQUE** et en faire des **SACS**, des chandails, du matériel isolant pour les **MANTEAUX** et les sacs de couchage ainsi que des **TAPIS**.

À la décharge, certains déchets – la nourriture, le papier, la corde et les vêtements – vont se détériorer et se décomposer en quelques mois ou quelques années. D'autres – le plastique, les boîtes de conserve, les souliers et les couches – prennent des dizaines, voire des centaines d'années à se décomposer. Il est très important de recycler, car cela permet de réduire le volume des déchets qui s'accumulent dans les décharges.

INVENTIONS

QUEENSLAND, AUSTRALIE

DÉCHARGE

Quand tu crées quelque chose de **NOUVEAU** et d'**UTILE** avec de vieux déchets, cela s'appelle du **RECYCLAGE VALORISANT**. C'est une autre façon d'aider à garder notre planète propre. Même les **DÉCHETS** peuvent devenir une **ŒUVRE D'ART**!

CARTE DES INVENTIONS

Cette carte te montre le lieu d'origine de certains de tes aliments et plats préférés. Avec ton doigt, relie chaque image au lieu de l'invention.

A. Pizza
B. Crème glacée
C. Hot-dogs
D. Frites
E. Tacos
F. Barres de chocolat
G. Dumplings

Où les gens ont-ils joué aux **ÉCHECS** pour la première fois? (Indice : va voir à la page 91.)

CHAPITRE 4
OÙ EST-CE QUE C'EST?

Des gens font un tour de montagnes russes au parc d'attractions Liseberg, à Göteborg, en Suède.

Des stades titanesques, des œuvres d'art ahurissantes, des montagnes russes terrifiantes et des maisons sens dessus dessous... Comme tu le verras dans ce chapitre, le monde est rempli de lieux inusités à découvrir.

STADE DU PREMIER-MAI

OÙ SE TROUVE LE PLUS GRAND STADE DU MONDE?

Le plus grand stade extérieur est le stade du Premier-Mai à Rungnado, une île de Pyongyang, en Corée du Nord. Il peut accueillir plus de 100 000 spectateurs. On y dispute des matchs de soccer et d'autres événements sportifs, mais le stade est surtout célèbre parce qu'on y présente un spectacle de danse auquel participent plus de 100 000 danseurs.

LIEUX HORS DU COMMUN

Les amateurs de hot-dogs voudront certainement voir le **HOT-DOG GÉANT** du Michigan, aux États-Unis. Il est aussi long que **120** hot-dogs ordinaires mis bout à bout, mais on ne peut pas le manger. C'est une **ŒUVRE D'ART!**

L'Indianapolis Motor Speedway, dans l'État de l'Indiana, aux États-Unis, est un immense circuit automobile extérieur de 4 kilomètres de long (2,5 mi). À l'occasion de l'Indy 500, les pilotes font le tour de la piste 200 fois, pour un total de 805 kilomètres (500 mi)!

INDIANAPOLIS MOTOR SPEEDWAY

OÙ EST SITUÉ LE PLUS HAUT ÉDIFICE?

Les gratte-ciel sont de grands édifices qui s'élèvent haut dans le ciel. Le plus grand d'entre eux est le Burj Khalifa, aux Émirats arabes unis. Il est deux fois plus haut que l'Empire State Building, à New York.

L'Empire State Building est l'un des édifices les plus célèbres de New York. À son ouverture, en 1931, c'était l'édifice le plus haut du monde.

Quel est l'édifice le plus haut que tu as déjà vu?

EMPIRE STATE BUILDING

Au **BURJ KHALIFA**, tu peux monter à bord de l'un des **ASCENSEURS LES PLUS RAPIDES** au monde. Il ne faut qu'**UNE MINUTE** pour se rendre du rez-de-chaussée jusqu'à la plateforme d'observation au **124ᵉ ÉTAGE**.

BURJ KHALIFA

LIEUX HORS DU COMMUN

Le premier gratte-ciel, le Home Insurance Building, a été construit en 1885 à Chicago, dans l'État de l'Illinois, aux États-Unis. Il comptait 10 étages. Ce n'est pas très impressionnant de nos jours, mais à l'époque, les gens ne comprenaient pas comment l'édifice tenait debout.

HOME INSURANCE BUILDING

Certaines constructions sont célèbres parce qu'elles sont très hautes. D'autres sont reconnues pour leur beauté ou à cause de leur importance politique ou religieuse. Voici quelques lieux qui attirent des millions de visiteurs chaque année.

TOUR DE PISE, ITALIE

TAJ MAHAL, AGRA, INDE

La **TOUR DE PISE** devait servir de **CLOCHER** à une cathédrale. Elle était censée être **BIEN DROITE**. Mais on l'a construite sur un terrain sablonneux, et la tour a commencé à **PENCHER**. Cette **ERREUR** a fait de la tour l'un des édifices les plus célèbres au monde!

LIEUX HORS DU COMMUN

TEMPLE SENSŌ-JI, TOKYO, JAPON

CATHÉDRALE SAINT-BASILE, MOSCOU, RUSSIE

Les **CLOCHERS À BULBE**, comme ceux de la cathédrale Saint-Basile, sont caractéristiques de l'architecture **RUSSE**. Ils sont aussi appelés « **OIGNONS** ».

TOUR EIFFEL, PARIS, FRANCE

OÙ SONT LES ENDROITS LES PLUS MYSTÉRIEUX?

On peut trouver des lieux mystérieux et anciens partout dans le monde. Qui les a construits? Comment? Et pourquoi?

À Stonehenge, en Angleterre, des gens ont construit, il y a entre 4 000 et 5 000 ans, des cercles de gigantesques pierres dressées. Avec le temps, plusieurs se sont écroulées. On ignore toujours comment les pierres ont été transportées à cet endroit, comment elles ont été dressées… et pourquoi elles ont été disposées en cercle.

STONEHENGE

LIEUX HORS DU COMMUN

LES GRANDES PYRAMIDES DE GIZEH, EN ÉGYPTE

Plusieurs des pyramides d'Égypte ont plus de 4 000 ans. Elles servaient surtout de tombeaux pour la royauté égyptienne. On essaie toujours de comprendre comment les gens de l'Égypte ancienne ont réussi à construire de telles structures avec des pierres aussi lourdes.

Dans le sud du Pérou, en Amérique du Sud, il y a de gigantesques dessins d'animaux et de plantes, des flèches ainsi que des zigzags et des lignes droites qui sont visibles seulement des airs. Ces dessins et ces lignes forment ce qu'on appelle les géoglyphes de Nazca. Ils ont 2 000 ans, et les scientifiques ne comprennent toujours pas à quoi ils servaient ni ce qu'ils signifient.

Parmi les géoglyphes de Nazca, il y a un **CHIEN**, un **CANARD**, un **COLIBRI** (ci-dessus), un lézard, un singe et même une **BALEINE**!

OÙ SE TROUVENT LES ROUTES LES PLUS SINUEUSES?

Imagine une route qui monterait tout droit vers le sommet d'une montagne escarpée. La plupart des voitures n'arriveraient pas en haut, et celles qui réussiraient auraient encore plus de mal à redescendre : les freins ne tiendraient pas le coup! C'est pour cette raison que les routes de montagne sont construites en zigzag. C'est beaucoup plus facile ainsi pour les voitures. Voici quelques-unes des routes les plus sinueuses du monde.

La route Transfagarasan **SERPENTE** à travers les **MONTAGNES** de la **ROUMANIE**.

LIEUX HORS DU COMMUN

On dit qu'un chemin est « EN LACETS » lorsqu'il comporte une série de zigzags.

La route du col du Grimsel ondule sur le flanc d'une montagne, en Suisse.

Il a fallu huit ans pour construire la « route vers le ciel », en Chine. Elle compte 99 virages serrés.

PONT DU BEIPANJIANG

OÙ EST LE PONT LE PLUS HAUT?

Le pont du Beipanjiang, dans le sud-ouest de la Chine, est le plus haut du monde. Il s'élève à 565 mètres (1 854 pi) au-dessus de la rivière Beipan. C'est presque deux fois la hauteur de la tour Eiffel!

Quel est le plus haut pont que tu as déjà traversé?

LIEUX HORS DU COMMUN

PONT DE MOÏSE

Le pont de Moïse, aux Pays-Bas, n'est pas au-dessus de l'eau. Il est carrément dans l'eau!

Une fois par semaine, on déroule le Rolling Bridge de Londres, en Angleterre, afin que les gens puissent franchir le Grand Union Canal, l'un des canaux du pays.

Le pont suspendu de Hussaini, au Pakistan, est fait de cordes et de planches de bois. Ceux qui veulent le traverser doivent être prudents et avoir les nerfs solides!

ROLLING BRIDGE

PONT SUSPENDU DE HUSSAINI

OÙ PEUT-ON VOIR LA PLUS HAUTE GRANDE ROUE?

La plus haute grande roue du monde est le High Roller et se trouve à Las Vegas, dans l'État du Nevada, aux États-Unis. Elle mesure 168 mètres (550 pi). C'est à peu près la hauteur d'un édifice de 50 étages!

La première grande roue a été présentée à l'exposition universelle de 1893, à Chicago, en Illinois. Son inventeur, George Ferris Jr., avait construit une grande roue haute de 25 étages qui pouvait accueillir plus de 2 000 personnes.

HIGH ROLLER

LIEUX HORS DU COMMUN

FORMULA ROSSA

La montagne russe la plus rapide au monde est la Formula Rossa. Elle se trouve à Abu Dhabi, aux Émirats arabes unis. Elle va tellement vite que les passagers doivent porter des lunettes pour protéger leurs yeux!

Au moment d'écrire ce livre, la plus haute montagne russe du monde est la Kingda Ka, au New Jersey. Elle est plus haute qu'un immeuble de 40 étages!

KINGDA KA

Le plus gros **CARROUSEL INTÉRIEUR** se trouve à Spring Green, dans l'État du Wisconsin, aux États-Unis. Il fait partie d'une attraction touristique appelée House on the Rock. Pour faire un tour de manège, tu as le choix entre **269 ANIMAUX**.

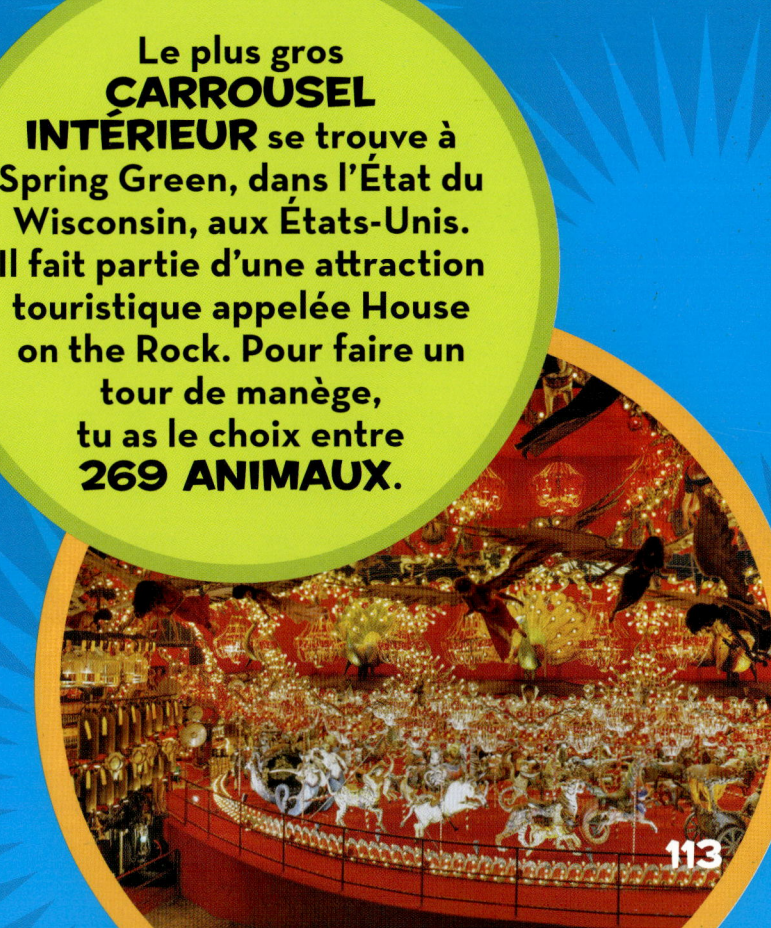

TROPICAL ISLANDS (PARC THÉMATIQUE)

OÙ SE TROUVENT LES PARCS THÉMATIQUES LES PLUS AMUSANTS?

De nombreux parcs thématiques offrent des attractions et des manèges inusités. En voici quelques-uns particulièrement surprenants.

LIEUX HORS DU COMMUN

Tropical Islands, un parc thématique près de Berlin, en Allemagne, est le plus grand parc aquatique intérieur au monde. Les visiteurs peuvent installer une tente et camper dans une forêt tropicale artificielle, faire un tour de montgolfière et se baigner ou barboter près de plages sablonneuses… même en hiver!

Aux parcs thématiques Diggerland, au Royaume-Uni et aux États-Unis, les enfants peuvent prendre les commandes d'une excavatrice miniature pour creuser le sol à la recherche de trésors ensevelis, conduire un rouleau à vapeur et même apprendre à utiliser une véritable excavatrice.

Aux Bollywood Parks, à Dubaï, aux Émirats arabes unis, on peut monter à bord de manèges impressionnants et assister à des spectacles avec de la musique rythmée, des éclairages féériques et des danseurs en costumes aux couleurs flamboyantes.

DIGGERLAND

BOLLYWOOD PARKS

DISNEYLAND TOKYO

Une partie de DisneySea ressemble à Venise, en Italie, avec ses **CANAUX** et ses **GONDOLES**.

Les parcs thématiques les plus populaires du monde sont Disneyland et Walt Disney World aux États-Unis. Le troisième est Disneyland Tokyo, au Japon! Dans ce parc, on trouve DisneySea, qui offre aux visiteurs toutes sortes de manèges et d'aventures aquatiques. Les enfants peuvent même visiter le terrain de jeu de la Petite Sirène!

LIEUX HORS DU COMMUN

À Efteling, un parc thématique des Pays-Bas, les visiteurs explorent des forêts enchantées où vivent des fées et des elfes de toutes les couleurs. Dans ce parc, les contes de fées comme Hansel et Gretel, Blanche-Neige et bien d'autres deviennent réalité.

À Efteling, cet arbre **PARLE AUX VISITEURS**.

PARC THÉMATIQUE EFTELING

Si tu pouvais créer ton propre parc thématique, à quoi ressemblerait-il?

OÙ EST LA MAISON LA PLUS DRÔLE?

Tu peux t'amuser n'importe où! Il suffit d'un peu d'imagination. Il en a certainement fallu beaucoup pour concevoir la maison à l'envers de Trassenheide, en Allemagne. Impossible de ne pas sourire en la voyant! Même à l'intérieur de la maison, tout est à l'envers. Personne ne pourrait y vivre, mais cela n'empêche pas les visiteurs d'y entrer pour se promener… au plafond!

AMUSE-TOI! CONSTRUIS UN CHÂTEAU DE CARTES

MATÉRIEL

un paquet de cartes à jouer

une surface plane

La construction d'une maison doit être planifiée minutieusement. Chaque détail compte! Juste pour le plaisir, essaie de construire un château de cartes. Combien d'étages réussiras-tu à faire avant qu'il ne s'écroule?

1 La base : Fais tenir deux cartes l'une contre l'autre en formant un V à l'envers.

2 Fais deux autres V à côté du premier. Tu devrais en avoir trois au total.

3 Pose une carte sur chacun des V, comme dans l'image.

4 Construis d'autres V sur les premiers, comme dans l'image.

5 Répète les étapes jusqu'à ce que… oups! Le château s'écroule.

CARTE DES CONSTRUCTIONS HUMAINES

Cette carte montre certains des endroits incroyables que tu as découverts au chapitre quatre. Avec ton doigt, relie chaque indice à l'endroit correspondant.

A. Le stade le plus grand

B. L'édifice le plus haut

C. Une tour qui semble sur le point de tomber

D. Une cathédrale avec des clochers à bulbe

E. Deux cercles de gigantesques pierres dressées

F. D'immenses dessins sur le sol

G. Le pont le plus haut

H. La plus haute grande roue

A.

C.

High Roller, Nevada, États-Unis

AMÉRIQUE DU NORD

OCÉAN ATLANTIQUE

OCÉAN PACIFIQUE

G.

Géoglyphes de Nazca, Pérou

AMÉRIQUE DU SUD

OCÉAN ATLANTIQUE

E.

Lequel de ces **LIEUX** aimerais-tu **VISITER EN PREMIER? POURQUOI?**

CONSEILS AUX PARENTS

Poursuivez l'apprentissage de votre enfant au-delà des pages de ce livre en organisant des sorties dans des galeries d'art, des musées, des zoos ou même des parcs thématiques. Lorsque vous explorez le monde avec votre enfant, vous lui donnez une foule d'occasions d'apprendre et de poser des questions. Voici des activités que vous pouvez faire avec *Mon grand livre des où* de National Geographic.

PROJETS DE VOYAGE!
(GÉOGRAPHIE)

Avec votre enfant, prenez un globe terrestre ou une carte du monde et aidez-le à trouver l'endroit où il vit. Ensuite, demandez-lui de tracer un chemin entre sa maison et un ou plusieurs lieux présentés dans le livre. Portez attention aux trajets maritimes et terrestres.

DÉGUSTATION
(ENQUÊTE)

Le dragon de Komodo « goûte » en sortant la langue. Bandez les yeux de votre enfant et demandez-lui de lécher du bout de la langue toutes sortes d'aliments secs que vous aurez disposés sur une surface propre (par exemple des céréales, des guimauves, des morceaux de barres tendres, du fromage râpé). Combien d'aliments est-il capable de reconnaître sans regarder?

TOC! TOC! TOC!
(COMMUNICATION)

Certaines baleines communiquent entre elles en produisant des séries de cliquetis. Avec votre enfant, imaginez quatre ou cinq messages (par exemple *J'ai faim*, *J'ai soif* ou *Viens ici*) que vous pourriez communiquer en cognant en séquence sur une surface dure. À tour de rôle, essayez de transmettre les messages. Vous comprenez-vous?

UNE DRÔLE DE MAISON
(ARTS ET BRICOLAGE)

Il y a des maisons très étranges dans le monde. Demandez à votre enfant d'imaginer une maison bizarre dans laquelle il aimerait vivre, puis demandez-lui de la dessiner et de la colorier. Ensuite, invitez-le à écrire une histoire drôle à propos de cette maison.

DE GRANDES AILES
(MATHÉMATIQUES)

L'envergure de l'albatros, c'est-à-dire la distance entre le bout de chacune de ses ailes, est de 3 mètres (11 pi). C'est plus que n'importe quel autre oiseau! Demandez à votre enfant d'ouvrir les bras et, avec un ruban ou une règle, mesurez son « envergure », soit la distance d'un bras à l'autre à partir du bout des doigts. Puis, demandez-lui si votre envergure sera plus grande ou plus petite que la sienne. Vous pouvez ensuite comparer vos résultats avec l'envergure de l'albatros.

CHUTES D'EAU
(OBSERVATION)

L'apparence d'une chute d'eau dépend de la quantité d'eau et de la hauteur de laquelle elle tombe. Aidez votre enfant à comprendre ce concept en versant de l'eau dans l'évier ou dans le bain à l'aide de contenants de diverses formes et grosseurs.

GLOSSAIRE

CONIFÈRES : Arbres ou buissons qui produisent des cônes et dont les feuilles ont la forme d'aiguilles.

EAUX USÉES : Eaux contaminées par des déchets humains.

ENVERGURE : Distance entre le bout de chacune des ailes d'un oiseau.

ÉRUPTION : Expulsion soudaine de lave ou de cendres d'un volcan.

FEUILLUS : Plantes ou arbres qui perdent leurs feuilles pendant une partie de l'année.

FORÊT TROPICALE : Forêt où il pleut souvent et où la faune et la flore sont très diversifiées.

GLACIER : Masse de glace qui se déplace très lentement, habituellement dans les hauteurs des montagnes ou près des pôles.

GRAVITÉ : Force qui tire toute chose vers la Terre.

GRÈS : Type de roche formée de minuscules grains de sable ou de quartz.

MASSE TERRESTRE : Grande région de terre émergée, comme les continents ou une grande île.

POLYPE : Créature aquatique microscopique dont le corps a la forme d'un cylindre et dont la bouche est entourée de petits tentacules.

PARC NATIONAL ARCHES

INDEX

Les photographies sont indiquées en **caractères gras**.

A
Albatros 67, **67**, **122**, 123
Albatros hurleur 67, **67**
Amazone (fleuve), Amérique du Sud 31, **31**
Animaux de l'Arctique 62
Animaux domestiques **60**, 60-61, **61**
Antarctique **28**, 66, 67
　animaux 66-67, **66-67**
　centres de recherche 67, **67**
　glaciers 26, **26**, 37
　le plus grand désert du monde 28
　Archéoptéryx 73
Aurore australe 35, **35**
Aurore boréale **2-3**, 35, **35**
Autruche 41, **41**

B
Backgammon 91, **91**
Baleine à bosse 57, **57**
Baleine bleue 40, **40**
Bambou 50, 51
Barre de chocolat 81, **81**, 96
Barre tendre 81, **81**
Bicyclette 86, **86**, 87, 88, 97
Blood Falls (glacier), Antarctique 26, **26**
Bollywood Parks, Dubaï, Émirats arabes unis 115, **115**
Burj Khalifa, Dubaï, Émirats arabes unis **1-2**, 102, **102-103**, 103, **121**

C
Cachalot 44, **44-45**
Caribou **38-39**, 57, **57**
Carrousel 113, **113**
Cartes du monde
　animaux 74-75
　carte politique 8
　carte topographique 9
　ceinture de feu 18
　dinosaures 72-73
　dorsale océanique 15
　endroits étranges 120-121
　inventions 96-97
　manchots 64-65
　merveilles naturelles 36-37
　océans 12
Cathédrale Saint-Basile, Moscou, Russie 105, **105**, **121**
Ceinture de feu 18
Challenger Deep, fosse des Mariannes, océan Pacifique 16
Chameaux 29, **29**
Chat 61, **61**, 89
Château de cartes 119, **119**
Chenille 59, **59**
Chien 60, **60**, 61, **61**, 89, **89**
Chouette 55, **55**
Chute Salto Ángel, Venezuela 32, **32**
Chutes d'eau **32**, 32-33, **33**, 123, **123**
Chutes de Khone, Laos 33, **33**, 37
Ciel nocturne **34**, 34
Cigale 46, **46**, 47
Cigale australienne 46, **46**, 74, **75**
Cobra royal 43, **43**
Col du Grimsel, Suisse 109, **109**
Crème glacée **80**, 81, 96
Crevette-pistolet 44, **45**
Crocodile marin 41, **41**, 74, **75**

D
Décharge **94-95**, 94-95
Désert **28**, 28-29, **29**, 36
Désert d'Atacama, Chili **4-5**, 29, **29**, 36
Dessins animés 85
Diable de Tasmanie 49, **49**
Dinosaure 72, **72**, 73
Disneyland Tokyo, Japon 116, **116**
Dorsale océanique 15
Dragons **70-71**, **70-71**
　Dragon bleu des mers 71, **71**
　Dragon de Komodo 70, **70-71**, 74, **75**, **122**, **123**
　Mille-pattes dragon **70-71**, 71
Dumplings 81, **81**, 97

E
Efteling (parc thématique), Pays-Bas 117, **117**
Égypte ancienne
　chats domestiques 61
　jeu de société 91, **91**
　papyrus 82, **82**
　pyramides 107
Éléphant d'Afrique 40, **40**, 74, **75**
Éléphant de mer 66, **66-67**
Émissions de télévision
　bruitage 85
　équipe de tournage **84**, 85
　plateau **84**, 84-85, **85**
Empire State Building, New York 102, **102**
Envergure 123, 124
Everest, Chine-Népal 14-15, **14-15**, 36, **37**

F
Fennec 29, **29**
Flamant rose 54, **54**
Forêt amazonienne, Amérique du Sud 22-23, **22-23**, 36
Forêt tropicale 22-23, **22-23**, 36
Formula Rossa, Abu Dhabi, Émirats arabes unis 113, **113**
Fosse des Mariannes, océan Pacifique 16
Fossile 72, 73, **73**
Frites 81, **81**, 96

G
Gazou 47, **47**
Gelato 80
Géoglyphes de Nazca, Pérou 107, **107**, 121, **121**
Giganotosaure 72
Girafe 41, **41**
Gizeh, Égypte :
　pyramides **106-107**
Glacier 26, **26**, 36, **37**, 124
Glacier Lambert-Fisher, Antarctique 26, **26**, 37
Glaçons
　fonte 27, **27**
　test du lard 63, **63**
Gnou 56, **56**
Grand anaconda 42, **42**, 74, **74**
Grande roue 112, **112**, 120
Gratte-ciel **1-2**, 102-103, **102-103**
Grenouille 53, **53**
Grès 25, 124
Grotte Hang Son Doong, Vietnam 10, 20, **20-21**
Grottes 10, 20-21, **20-21**, 71

H
Hibernation 53
High Roller (grande roue), Las Vegas, Nevada, É.-U. 112, **112**, **121**
Hoazin **22**
Home Insurance Building, Chicago, Illinois, É.-U. 103, **103**
Hot-dog
　nourriture 81, **81**, 97, **97**
　œuvre d'art géante 101, **101**

I
Indianapolis Motor Speedway (circuit automobile), Indiana, É.-U. 101, **101**
Insecte 23, 41, **41**, 46, **46**, 58
Insecte brindille 41, **41**

J
Jeux de société
　Candy Land 91, **91**
　Dames 90, **90**
　Échecs 91, **91**, 96
　Go 90, **90-91**
　Mancala 90, **90**
　Senet 91, **91**

K
Kakapo 44, **45**
Kangourou rouge 49, **49**
Kingda Ka (montagne russe), New Jersey, É.-U. 113, **113**
Koala 48, **48**
Krill 57, **57**, 65
Kulfi 80, **80**

L
Lard 62, 63
Latrines 93, **93**
Limace de mer 16, **16**
Lion d'Afrique 44, **44**
Livres 82, 83, **83**
Loutre géante du Brésil 23

M
Maison à l'envers 118, **118**
Manchots
　Manchot de Humboldt 64, **64**
　Manchot des Galápagos 64, **64**
　Manchot du Cap 64, **65**
　Manchot empereur 64, **64**
　Manchot papou 64, **65**
　Manchot pygmée 64, **65**
　Manchot royal **66-67**
Mandrill 69, **69**, 74, **74**

126

Margherita, reine (Italie) 79
Marsupial **48**, 48-49, **49**, 74
Méduse 16, **16**
Mochi 80, **80**
Monarque (papillon) 58-59, **59**, 75
 chenille 59, **59**
 migration (carte) 58
Monito del monte 49, **49**
Montagnes russes **98-99**, 113, **113**
Morpho bleu **23**

N
Nil (fleuve), Afrique **30**, 31

O
Océans 12-13
Oiseaux : sommeil **54**, 54-55, **55**
Opossum de Virginie 49, **49**
Ordures 94-95, **94-95**
Ouistiti pygmée 69, **69**, 74, **74**
Ours polaire 62, **62**

P
Panda géant 50, **50-51**
Panda roux 51, **51**

Papyrus 82, **82**, 97
Parc d'attractions Liseberg, Göteborg, Suède **98-99**
Parc national Arches, Utah, É.-U. 25, **25**, **124-125**
Parc national de Mammoth Cave, Kentucky, É.-U. 20, **20**
Parcs d'attractions **98-99**, 114-117, **114-117**
Parcs thématiques 114-117, **114-117**
Parcs thématiques Diggerland 115, **115**
Perroquet 55, **55**
Phoque de Weddell 66, **66-67**
Pigeon 55, **55**
Pizza **78**, 78-79, 96
Planche à roulettes 88, **88**, 97
Planche de surf **77**, 89, **89**
Poisson 16, **16**, 52, **52**
Polype 13, **13**, 124
Pont de Moïse, Pays-Bas 111, **111**
Pont du Beipanjiang, Chine 110, **110**, **120**
Pont suspendu de Hussaini, Pakistan 111, **111**
Presse à imprimer 82, **82-83**
Pyramides **106-107**, 107
Python 42, **42**

R
Récif de corail 13, **13**
Recyclage 94, 95
Rolling Bridge (pont), Londres, Angleterre 111, **111**
Route Transfagarasan, Roumanie 108, **108-109**
Route vers le ciel, Chine 109, **109**

S
Sac Actun (grotte), Mexique 21, **21**
Sahara, Afrique 29, **29**, 36
Sauterelle cactus **23**
Sensō-ji (temple), Tokyo, Japon **105**
Serpent 42, **42**, 42-43, **43**, 74, **74**
Singe 68-69, **68-69**, 74, **74**
Singe-araignée commun 69, **69**
Spinosaure **73**
Stade du Premier-Mai, Pyongyang, Corée du Nord 100, **100-101**, **120**
Stonehenge, Angleterre 106, **106-107**, 120, **120**
Submersible 16, **17**

T
Tacos 81, **81**, 97
Taj Mahal, Agra, Inde **104-105**
Tamarin-lion doré 68, **68**
Titan (scarabée) **23**
Toilettes 92, 93
Tortue 53, **53**
Tour de Pise, Italie 104, **104**, **120**
Tour Eiffel, Paris, France **105**
Tremblement de terre 18
Tricératops **72**
Tropical Islands (parc thématique), Allemagne **114**, 115
Trottinette 88, **88**
Tyrannosaure (*Tyrannosaurus rex*) 72, **72**, 73

U
Uluru, Australie 24-25, **24-25**, 37
Usine de traitement des eaux usées 92, **92-93**

V
Vélociraptor **73**
Voie lactée 34, **34**
Volcan 18-19, **19**

Références photographiques

HA = haut, BA = bas, DR = droite, GA = gauche, CTR = centre
ASP : Alamy Stock Photo; DT : Dreamstime; GI : Getty Images; MP : Minden Pictures; NGIC : National Geographic Image Collection; SS : Shutterstock

Toutes les cartes sont de NG Maps. Couverture (HA DR), Ryan Benyi Photography/ASP; (CTR DR), Denis Belitsky/SS; (BA DR), Shannon Alexander/SS; (BA CTR), Doug Meek/SS; (BA GA), QQ7/SS; (CTR GA), Brian C. Weed/SS; (HA GA), Sean Pavone/SS; (HA CTR), Banana Republic Images/SS; dos, Roman Sigaev/SS; 4e de couverture (GA), Jupiterimages/GI; (DR), turtix/SS; 1, Iakov Kalinin/Adobe Stock; 2-3, tawatchai1990/Adobe Stock; 4-5, Kseniya Ragozina/ASP; 10-11, Vietnam Stock Images/SS; 13 (HA), Coral Brunner/SS; 13 (BA), scubaluna/GI; 14-15, Altitude Visual/SS; 15, Andy Bardon/NGIC; 16 (HA), gracieuseté de NOAA Okeanos Explorer, Océano Profundo 2015; 16 (BA), gracieuseté du NOAA Office of Ocean Exploration and Research, Exploration en eaux profondes de la fosse des Mariannes (2016); 17, Emory Kristof et Alvin Chandler/NGIC; 19 (HA BA), Athit Perawongmetha/GI; 19 (HA DR), Robert Crow/GI; 19 (BA), Carsten Peter/NGIC; 20-21, Carsten Peter/NGIC; 20, Stephen Alvarez/NGIC; 21, Reinhard Dirscherl/ASP; 22-23 (arrière-plan), Ian Trower/GI; 22, Ivan Kuzmin/Adobe Stock; 23 (HA GA), Dobermaraner/SS; 23 (HA DR), Guenter Fischer/GI; 23 (BA DR), Simon Shim/SS; 23 (BA GA), worldswildlifewonders/SS; 24-25, Ralph/Adobe Stock; 25, Oscity/SS; 26 (HA), Peter Steyn/ARDEA; 26 (BA), Kelly Falkner/National Science Foundation; 27 (GA), nito/SS; 27 (CTR GA), givaga/SS; 27 (CTR DR), Picsfive/SS; 27 (DR), Valentyn Volkov/SS; 28, Yegor Larin/SS; 29 (HA), Julian Schaldach/SS; 29 (BA DR), Anolis01/GI; 29 (BA GA), Chiyacat/SS; 30, Mike D. Kock/Gallo Images/GI; 31, Victor Sotorilli Vieira/GI; 32, Alicenerr/DT; 33, AvigatorPhotographer/GI; 34, Zhasminaivanova/DT; 35 (GA), Jamen Percy/DT; 35 (HA), Julian Schaldach/SS; 36 (BA DR), Chris Howey/SS; 36 (BA GA), DeltaOFF/SS; 37 (HA GA), Yongyut Kumsri/SS; 37 (HA DR), AvigatorPhotographer/GI; 37 (BA DR), Stanislav Fosenbauer/SS; 37 (BA GA), Peter Steyn/ARDEA; 38-39, Norbert Rosing/NGIC; 40 (GA), Morkel Erasmus/GI; 40 (DR), WaterFrame/ASP; 41 (HA GA), hphimagelibrary/GI; 41 (HA DR), GomezDavid/iStock; 41 (BA DR), Firepac/SS; 41 (BA GA), Alisdair Macdonald/SS; 42 (HA), Patrick K. Campbell/SS; 42 (BA), Mark Carwardine/GI; 43, Isselée/DT; 44-45 (HA), Doug Perrine/ASP; 44 (BA), Mike Hill/ASP; 45 (CTR GA), Constantinos Petrinos/MP; 45 (BA GA), Tui De Roy/MP; 46, FLPA/Gianpiero Ferrari/SS; 47 (HA GA), siridhata/SS; 47 (HA CTR), Anton Starikov/SS; 47 (HA DR), New Africa/SS; 47 (CTR GA), Newlight/DT; 47 (CTR), Stratos Giannikos/SS; 47 (CTR GA), Spalnic/SS; 47 (BA), Hilary Andrews/membre du personnel de NG; 48, Eric Isselée/SS; 49 (HA GA), Mark Graf/ASP; 49 (HA DR), sandergroffen/GI; 49 (BA DR), Juergen Sohns/ASP; 49 (BA GA), Mark Chappell/age fotostock; 50-51, TDway/SS; 50, Sipa Asia/SS; 51, Hung Chung Chih/GI; 52, Starkov Roman/SS; 53 (HA), Adam Jones/GI; 53 (BA), marefoto/GI; 54, mandarchallawar/Adobe Stock; 55 (HA), Anna Azimi/SS; 55 (HA BA), Fotos593/SS; 55 (BA), Carmen Brown Photography/GI; 56, GJohnson2/iStock; 57 (HA), Belbaiz/GI; 57 (BA DR), joetsm/GI; 57 (BA GA), Auscape/GI; 59 (HA), Design Pics Inc/NGIC; 59 (BA), Medford Taylor/NGIC; 60, kali9/GI; 61 (HA GA), Sandra Vieira/EyeEm/GI; 61 (CTR DR), Eric Isselée/SS; 61 (BA DR), Oksana Kuzmina/ASP; 62, Elena Birkina/SS; 63 (GA), Ratana Prongjai/SS; 63 (BA GA), photofriday/SS; 63 (DR), sasimoto/SS; 64 (HA), jmmf/GI; 64 (CTR BA), 4FR/GI; 64 (BA), Jan Martin Will/SS; 65 (HA), EcoPrint/SS; 65 (BA GA), Oleg Senkov/SS; 65 (BA DR), Jurgen & Christine Sohns/GI; 66 (HA), Yva Momatiuk et John Eastcott/MP; 66 (BA), Frans Lanting/NGIC; 67 (HA), Jason Edwards/NGIC; 68, Eric Gevaert/SS; 69 (HA GA et DR), Thomas Marent/MP; 69 (BA), Jared Hobbs/ASP; 70-71 (BA), Mike Lane/FLPA/MP; 71 (HA GA), Thailand Wildlife/ASP; 71 (HA DR), Rohrlach/Adobe Stock; 72 (tout), Franco Tempesta; 73 (HA GA et DR), Franco Tempesta; 73 (BA DR), Marques/SS; 73 (BA GA), Franco Tempesta; 74 (HA GA), FLPA/Gianpiero Ferrari/SS; 74 (HA DR), Mike Lane/FLPA/MP; 74 (BA DR), Patrick K. Campbell/SS; 74 (BA GA), Morkel Erasmus/GI; 75 (HA), Jared Hobbs/ASP; 75 (BA DR), Thomas Marent/MP; 75 (BA GA), Firepac/SS; 76-77, stevew_photo/Adobe Stock; 78, Smit/SS; 79 (HA), Africa Studio/SS; 79 (CTR GA), pikselstock/SS; 79 (anguille), panda3800/SS; 79 (pois), MaraZe/SS; 79 (crevette), akepong srichaichana/SS; 79 (bananes), Maks Narodenko/SS; 80 (HA DR), StockImageFactory/SS; 80 (BA DR), ordinary042/Adobe Stock; 81 (hot-dog), Elkeflorida/SS; 81 (tacos), Hurst Photo/SS; 81 (chocolat), M. Unal Ozmen/SS; 81 (barre tendre), Abramova Elena/SS; 82, EvgeniyBobrov/Adobe Stock; 83, Fine Art Images/Heritage Images/GI; 83 (BA), studiovin/SS; 84, LeoPatrizi/GI; 85 (HA), peshkov/Adobe Stock; 85 (BA), Anna Panova/SS; 86 (HA), Uwe Zänker/DT; 86 (BA), Imfoto/SS; 87, Jacek Chabraszewski/Adobe Stock; 88 (HA), Heike Brauer/SS; 88 (BA), D. Hurst/ASP; 89, KK Stock/SS; 90 (GA), Hurst Photo/SS; 90 (DR), hanif66/SS; 91 (HA), Chris Willson/ASP; 91 (HA DR), Axel Bueckert/SS; 91 (CTR DR), Photodisc; 91 (CTR), Metropolitan Museum of Art; 91 (BA GA), Nataliia Dvukhimenna/SS; 92-93, Matthew Corley/ASP; 93 (HA), Janice Storch/SS; 93 (BA), Ortis/SS; 94-95, Viorika/GI; 94 (GA), Rob Crandall/SS; 94 (DR), hidesy/SS; 95, Suzanne Long/ASP; 96 (chocolat), M. Unal Ozmen/SS; 96 (crème glacée), unalozmen/GI; 96 (frites), Piksel/DT; 96 (pizza), images.etc/SS; 97 (dumplings), Jiang Hongyan/SS; 97 (hot-dog), Elkeflorida/SS; 97 (tacos), Hurst Photo/SS; 98-99, Tommy Alven/GI; 100, benedek/GI; 101 (HA), Franck Fotos/ASP; 101 (BA), Mardis/ASP; 102, Joseph Sohm/SS; 103 (GA), Francesco Dazzi/SS; 103 (DR), Bettmann/GI; 104-105 (HA), RuthChoi/SS; 104 (BA), Jim_Pintar/GI; 105 (HA DR), Sean Pavone/SS; 105 (BA DR), Marco Saracco/DT; 105 (BA GA), scaliger/SS; 106-107 (BA), aslysun/SS; 107 (HA), Shotshop GmbH/ASP; 107 (DR), tr3gin/SS; 108-109, Nataliia Budianska/SS; 109 (HA), Karl Johaentges/Look-foto/GI; 109 (BA), rusm/GI; 110, Pu Chao/Xinhua/ASP; 111 (HA), Wiskerke/ASP; 111 (CTR DR), MACH Photos/SS; 111 (BA DR), Steve Speller/ASP; 111 (BA GA), TripDeeDee Photo/SS; 112 (GA), Granger.com – tous droits réservés; 112 (DR), Chris Sattlberger/GI; 113 (HA), Chris Batson/ASP; 113 (BA DR), Carol Highsmith/Library of Congress Prints and Photographs Division; 114, Patrick Pleul/picture alliance par GI; 115 (HA), Graham Barclay/Bloomberg par GI; 115 (CTR DR), curved-light/SS; 115 (BA), AP Photo/Kamran Jebreili; 116 (HA), Parinya Suwanitch/ASP; 116 (BA), Kurita KAKU/Gamma-Rapho par GI; 117 (HA), Julia700702/SS; 117 (BA), Michiel De Prins/ASP; 118, Stefan Sauer/picture alliance par Getty Image; 119, ronstik/Adobe Stock; 120 (HA DR), benedek/GI; 120 (HA DR), calvio/GI; 120 (BA DR), Mr Nai/SS; 120 (BA GA), Xinhua/Pu Chao par GI; 121 (HA), Aneese/SS; 121 (BA CTR), tr3gin/SS; 121 (BA GA), yulenochekk/GI; 121 (CTR GA), Typhoonski/DT; 122 (HA), ptashkan/Adobe Stock; 122 (BA), spass/Adobe Stock; 123 (GA), GlobalP/GI; 123 (DR), Paul Murtagh/SS; 124-125, Lunamarina/DT; 128, Fedor Selivanov/SS.

**Pour Bria, Will, Lawson, Bennett et Leo
—J.E.**

Depuis 1888, National Geographic Society a financé plus de 12 000 projets de recherche scientifique, d'exploration et de préservation dans le monde. La société reçoit des fonds de National Geographic Partners, LLC, provenant notamment de votre achat. Une partie des produits de ce livre soutient ce travail essentiel. Pour plus de renseignements, veuillez vous rendre à natgeo.com/info.

NATIONAL GEOGRAPHIC et la bordure jaune sont des marques de commerce de National Geographic Society, utilisées avec autorisation.

Catalogage avant publication de Bibliothèque et Archives Canada

Titre: Mon grand livre des où / Jill Esbaum ; texte français du Groupe Syntagme.
Autres titres: Little kids first big book of where. Français
Noms: Esbaum, Jill, auteur.
Collections: National Geographic kids.
Description: Mention de collection: National Geographic kids. | Traduction de : Little kids first big book of where. | Comprend un index.
Identifiants: Canadiana 20200205080 | ISBN 9781443185240 (couverture rigide)
Vedettes-matière: RVM: Géographie—Ouvrages pour la jeunesse. | RVM: Sciences naturelles—Ouvrages pour la jeunesse. | RVMGF: Miscellanées.
Classification: LCC G133 .E8314 2020 | CDD j912.01/4—dc23

Copyright © National Geographic Partners, LLC, 2020.
Copyright © National Geographic Partners, LLC, 2020, pour la version française.
Tous droits réservés.

Il est interdit de reproduire, d'enregistrer ou de diffuser, en tout ou en partie, le présent ouvrage par quelque procédé que ce soit, électronique, mécanique, photographique, sonore, magnétique ou autre, sans avoir obtenu au préalable l'autorisation écrite de l'éditeur. Pour toute information concernant les droits, s'adresser à National Geographic Books Subsidiary Rights : bookrights@natgeo.com

Édition publiée par les Éditions Scholastic, 604, rue King Ouest, Toronto (Ontario) M5V 1E1, avec la permission de National Geographic Partners, LLC.

5 4 3 2 1   Imprimé en Malaisie   108   20 21 22 23 24

Conception graphique : Nicole Lazarus, Design Superette

L'éditeur souhaite remercier Barbara Bradley, spécialiste en éducation préscolaire, pour ses conseils d'experte. Merci aussi à Erica J. Green, éditrice de projets, à Grace Hill Smith, gestionnaire de projets, et à Michelle Harris, recherchiste, pour leur aide inestimable à la réalisation de ce livre.